今夜も満月クリニックで

JN259850

藤山素心

角川文庫
24571

目次

第一話　隠れすぎたクリニック

東京には何でもあるが、常にしんどさがつきまとう。

オフィス街の高層ビル群と、埋め立て地にそびえ立つタワーマンション、そしてヒルズと名のつく感度の高い街。両手でも足りないほどある眠らない繁華街、広大なアミューズメントパーク、観光スポット、若者から溢《あふ》れ出る圧に占められた人気の街に、超がつく高級住宅街とその周囲の気高い空気感。それ以外は鉄道網に沿って広がる、郵便ポストが分譲マンションのチラシですぐに一杯になってしまうベッドタウンしかないのではないか――。

医師である赤崎《あかさき》迅《じん》も、学生として上京してきた十六年前からつい最近まで、そう思い込んでいた。

「陽が沈むの、遅くなったな……」

しかしそんな東京の都心にも、閑静な空間がエアポケットのように存在する。

最寄りの駅まで歩いて十五分と微妙に遠いものの、そこから大人のお洒落《しゃれ》な街まで四駅、各駅停車とはいえ二十分ほど乗っていれば、スーツ姿だらけの巨大なビジネス街にも着いてしまう。ここはそんな立地にもかかわらず、一戸建てと低層のマンションやアパートが混在する、のんびりとした住宅街。大型のスーパーは駅前にひとつ、コンビニは駅までの途中に一店舗しかないが、落ち着いた生活を送るには事欠かない。

まさか医師になって十年目――三十五歳で、こんな町のクリニックの院長を頼まれるなど、赤崎は思いもしなかった。

「……そろそろ、看板出すか」

量販店のニットに長白衣《ながばくい》を羽織り、眉《まゆ》までかかる前髪を無造作にかき上げながら、赤崎はアンティークショップ「南天《なんてん》NOSTALGIA《ノスタルジア》」に入る。

外観は小屋を思わせる、薄い水色に塗られた天然木の鎧張《よろいば》りに、大きな窓のついた両開きのドア。ここはどの角度から見ても、完全にアンティークショップだ。実際、晴れた日には軒下に、セール中の椅子や木馬の大型アンティークトイが並べられる。

店内には家具から小物まで所狭しと並べられているため、カバンを持って振り返る時には注意が必要だろう。そのくせ天井に吊《つる》された無数のランプやシャンデリアが、それらを暖かい色で照らしているためか、狭苦しさとは無縁のファンタジックな印象さえ受ける。

「おっ――」

危うく赤崎は、繊細《せんさい》な装飾のボヘミアングラスを床に落とすところだった。

「――と。これ、窓際に移してくれって言ったのに」

医療《コメディカル》スタッフを含めて在籍しているのは、院長の赤崎だけ。看護師がいないクリニックは珍しくないが、ここには医療事務もいない。しかも夜間救急病院でもないのに、開院時間は日没から日の出まで。

その名も「満月《まんげつ》クリニック」。

場所は信じられないことに、住宅街に溶け込んでひっそりとたたずむ、アンティークショップの奥にあるのだ。

いまだに赤崎はその違和感に慣れず、オーナーの福尾《ふくお》がどこまで本気でこの種の医療を提供する気があるのか、摑《つか》みきれていない。

「いや。看板を、こんな奥に入れなきゃいいのか……でも日中にこれが入口近くにあると、福尾さんがいろいろ聞かれてめんどうか」

アンティークショップ「南天　NOSTALGIA」と「満月クリニック」のオーナーである福尾香織《かおり》は、バツイチでひとり身のまま、仕事一筋で生きてきた五十六歳の女性だ。資産運用のスキルを身につけた後は、五十歳にして働くだけの人生を早々に辞めて、このアンティークショップを開いた。

穏やかで気さくだが、変わり者で道楽者。

それが初めて言葉を交わした時に、赤崎が抱いた印象だ。

――うちの奥で、地域密着型の医療相談系クリニックでもやってみない？

医師としての自信も社会的役割も完全に見失い、赤崎の心が折れてしまっていた時、居酒屋のカウンターで隣に座っていた福尾が、そう声をかけてきたのだった。

「これ、ライトアップした方が……いや、そこまで目立たなくていいか」

日没を前に、オークの木枠にはめられた黒板の立て看板を店の外に出しながら、こんなクリニックの院長を引き受けるのはどうかしていると、赤崎は今でも思う。

誰の目から見ても、普通のクリニックではない。

それでもあの時、ここは赤崎にとって願ってもない「逃げ場」だったのだ。

「リプちゃん、起きたかな」

そんな自分の姿を重ねながら、赤崎は店の奥で大切にハムスターを育てている。

そして今夜も、どこかの誰かが、何かの偶然でこのクリニックの看板を見つけるのを、朝までぼんやりと待っているのだった。

＊

寺本紘乃《てらもとひろの》は、二歳半の娘を持つ三十四歳のワーキングママ。文具や雑貨を製造販売している、従業員百人程度の企業とはいえ、品質本部の正社員だ。

「すみません。ほんと、朝は元気で何ともなかったんですけど」

契約社員としての更新だけを目指して働いていた寺本に、転機が訪れたのは去年のこと。同じ部署の女性社員が、俗に言う「産休育休のもらい辞め」をしてしまった。そこで穴埋めはパートではなく、契約社員として二年以上働いて業務にも精通している寺本を正社員に迎えてはどうかと、白羽の矢が立ったのだ。

今までは就労時間が見事に正社員の四分の三未満に調整されていたため、娘のお迎えや急な呼び出しにも柔軟に対応できるというメリットはあった。しかし社保に加入させてもらえず、厚生年金もなかった。

これからは契約書に「特別賞与＝ボーナス」という文字が組み込まれるうえ、なにより契約更新を心配しなくていいことが、寺本にとって大きな安心となる。

断る理由もなく正社員としての雇用形態の変更を喜んで受け入れた寺本だったが、現実には必ずといっていいほど落とし穴があることを忘れていた。

「仕方ないよ。熱を出したんじゃ」

そうは言うものの、男性主任の顔は笑っていない。薄くなった髪を皮脂が浮くおでこになでつけながら、痰《たん》のからんだ湿った咳払《せきばら》いをした。

　中小企業とはいえ、この会社は製造販売業。品質本部は小さな部署だが、業務には「品質管理」と「品質保証」がある。品質管理はこれから製造する製品に対する「作り手側」の管理業務であるのに対して、寺本が配属された品質保証は、できあがった製品を売ったあとの「買い手側」に対する管理業務——とは名ばかりで、その大半は製品へのクレーム対応だ。

「どうしましょう、電話番は」

「そうねぇ……」

　電話クレームの対応係を、この部署ではそう呼ぶ。

　今のご時世、「クレームは正義」という「お客様は神さま」を勘違いした風潮が、カスハラという言葉となっていまだに残り続けている。正直なところ仕事のほとんどは、品質保証とはほど遠い、クレームという名の罵詈雑言《ばりぞうごん》やセクハラまがいの言葉を受け続けることだ。チャットサポートのシステムを入れる話もあったが、寺本がまだ契約社員の頃に、費用の面で立ち消えになった。ただのストレスのはけ口にされているのではないかと感じながら、受話器越しに顧客の話に耳を傾ける日々に、寺本は次第に疲れ始めていた。

「……栗田《くりた》くん、いい？」

「えっ⁉ また、オレっすか？」

寺本の尻拭《しりぬぐ》いをさせられる中年男性社員は、露骨に不愉快な表情を浮かべた。

それはそうだろう。寺本が正社員となって以来、ようやく電話番から解放されたと思っていたのだ。こうも頻繁《ひんぱん》に引き戻されたのでは、たまったものではないだろうと、寺本自身も心が痛む。

「いいじゃん。元、電話番として」

ペットボトルの水を一気に半分ほど、栗田は喉《のど》へ流し込むように飲んでいる。日頃からやたら水を飲んでは一時間ごとにトイレに行くことで有名だが、さすがにこのペースは異常。明らかに苛立《いらだ》っているのだ。

「今、管理に渡す資料とか作ってたんスけど」

電話で受けた製品へのクレームは録音を文字に起こし、資料として管理部門の担当者に渡すという、非常にアナログな業務がある。しかし伝えたところで「現場には伝えておく」「顧客にコストと製造ラインの理解は無理」と、まともに取り合う気配が感じられたことがない。

では、なんのための品質保証部門なのか。正社員になったからこそ考えるようになった、会社内での部署の立ち位置――それは寺本の中で、ただのクレーム対応窓口という閑職《かんしょく》ではないかという結論に至った。やがてそれは皮肉にも、産休育休の「もらい辞め」をした前任者への共感となる。

「じゃあそれ、俺がやるから。今日はこのあと、電話番だけで。ね？」

「……はぁ」

栗田の視線が、寺本には痛い。クレームの電話を受けるより、録音の文字起こしをしている方がどれだけ楽なことか。

「すいません、栗田さん」

言っているそばから、外線が鳴る。

正直な栗田は、思わず舌打ちをして電話に出た。

「お電話かわりました。品質保証部、担当の栗田でございます――」

正社員になると、娘の保育園から発熱や下痢で呼び出しがかかっても、契約社員だった頃ほど穏やかな空気で席を外すことができない。それは覚悟していたはずなのに、現実の重さは想像をはるかに超えていた。

「じゃあ、主任。すみませんけど」

「うんうん。いいから、早くお迎えに行ってあげて」

主任には最後まで、作り笑顔ひとつ浮かばなかった。

「すみません、みなさん。お先に失礼させていただきます」

それに対して言葉を返す者は、誰もいない。

つまりこの前、寺本が偶然耳にしてしまった「あれでは契約社員と変わらない」という陰口も、あながち一部だけの感情ではないということ。

これが寺本を取り巻く、働きながら育児をする女性の現実だった。

＊

そんな保育園からの呼び出しに、寺本は日頃から理不尽さを感じていた。

「莉乃《りの》ちゃん。ママがお迎えに来てくれたから、お熱さがっちゃったねー」

担任保育士の言葉に、寺本は笑顔を返せなかった。

痛く冷たい視線を浴びながら会社を出て、電車に乗り、駅の駐輪場から電動自転車を走らせ、曲がり角でお年寄りと正面衝突する直前で急ブレーキをかけて冷や汗をかき、ようやく保育園に着いたのは三十分後だ。

「かえろー」

「うん。ちょっと、待ってね——」

莉乃の手を取りながら、寺本はどうしてもひとこと言いたかった。

「——先生。なにか他に、症状はあったんですか？」

見た限り咳や鼻水もなく、元気だった朝となにも変わらない。しかも確認のために今の体温を測ってもらったところ、連れて帰る必要のない37・0℃なのだ。

「そうですねー。ちょっと、お咳が出てましたねー」

「ぜんぜん、元気そうですけど……」

それには答えず、担任はにこにこ笑顔を維持していた。

「……先生、あれですよね。熱、二回測ってもらったんですよね」

「そうですねー。おやつのあとにお熱を測ったら37・6℃で、そのあと三十分後に測ったら37・5℃で、お電話したんですー」

「でも、今は37・0℃なんですよね」

担任は腰を折り、莉乃の頭を撫《な》でた。

「よかったねー、莉乃ちゃん。お熱さがって」

何がよかったのかと食ってかかる前に、寺本は言葉を飲み込んだ。正社員になる直前、運良く空きが出て滑り込むことができた認可保育園なのだ。もめごとを起こして「利用規約違反」にだけはなりたくなかった。

「……じゃあ、帰るよ。りーちゃん」

「じてんしゃ、まえがいい」

「前乗りは、パパの自転車にしか付いてないの。ママの自転車は、うしろだけ」

「まえがいい！」

帰宅時間が遅いので、平日に寺本の夫が育児にかかわることはない。夜泣きにも目を覚まさず、一度寝てしまうと睡眠が深いのか、朝まで起きない羨《うらや》ましい体質だ。その分、莉乃がひとり歩きをし始めると、ありがたいことに休日には散歩へ連れ出してくれるようになった。よく耳にする育児にまったく関心のない夫に比べれば、表面的なめんどうだけはみてくれている。だからこれ以上を夫に望むのは、贅沢《ぜいたく》かもしれないと、寺本は思っていた。

しかし自分の自転車にもチャイルドシートを付けたことだけは、理解に苦しむ。公園に行く時も、自分の自転車でなければならないのか。しかも前乗せタイプにしたものだから、莉乃は気分で「まえ」「うしろ」と指定するようになってしまった。

「前は日曜日に、パパに乗せてもらおうよ」

なんとか手を引いて自転車まで連れてきたものの、莉乃は地面に座り込んでしまい、頑《がん》として動こうとしない。

「まえがいいの！　まえがいいの！」

「見て、りーちゃん。ママの自転車、うしろしか椅子がついてないでしょ？」

「まえがいい、まえがいい！」

そして、大声で泣く。

二歳半になって、次第に言葉と自我が確立し始めた莉乃。もちろん二歳半では言葉の表面しか理解していないことも、経験的にわかった。これが乳幼児の精神発達としては当たり前であり、むしろいいことだと頭では理解しているつもりだった。

しかし、寺本の心がついてこないのだ。

「りーちゃん。ここ、見て。ね？　ママの自転車に、前は付いてないの」

「じゃあ、パパがいい！」

何でも自分でやりたがり、洋服や持ち物にもこだわりが出始め、最近では保育園に行かないと玄関でダダをこねて泣き叫ぶようになった。自分から乗りたがっていたチャイルドシートにも、乗ろうとしないことが増えた。かといって着いてしまえば、楽しそうに保育園内へ駆け込んで行く。忙しい朝に家を出るだけで二十分以上かかってしまうことを見越して早く起きているものの、そんな寺本の心を折ったのは、莉乃の無垢《むく》な「ママはイヤ。パパがいい」というひとことだった。

「莉乃！」

たった二年半しか人間をやっていない幼児に、三十四年も人間をやってきた大人が苛立《いらだ》っている。それが大人げないことだと頭では理解していても、突発的な感情の噴出を止められない。

そして激しい後悔とともに寺本の頭を埋め尽くすのは、気づかないうちに虐待《ぎゃくたい》をしてしまうのではないかという恐怖だった。

「……ママの自転車は、うしろなの。いい？」

「いや──だ──ッ！」

体重12kgが全力で暴れると、腕の筋肉が引きつりそうになるし、自転車も倒れそうになる。実際に自転車ごと倒れてしまい、小児科が開くのを待って朝一番に駆け込み、会社に遅刻したこともあった。

「じゃあ、どうするの？　園にお泊まりする？」

「いや──ッ！」

そう。どんな提案をしても、答えはすべて「いや」なのだ。

こんな時、寺本は無理をしないことに決めていた。

また自転車ごと倒れてしまい、小児科へ駆け込まなければならなくなるのは避けたい。しかも近くの小児科だと、間違いなく「整形外科でレントゲン撮ってもらって」と言われて終わるのを寺本は知っている。結局は整形外科へ行くことになり、嫌がり泣き叫ぶ莉乃を押さえつけてレントゲンを撮ってもらい「大丈夫ですね」と言われるまで、どうやっても一時間以上かかってしまう。

かといって、整形外科では「まず、小児科でもよかったと思いますけど」と苦い顔をされてしまった。

「りーちゃん。そんなに泣いて暴れたら、危なくて自転車に乗れないよ」

チャイルドシートで脚をじたばたされると、青あざを作って虐待と間違われるかもしれない。そもそも後ろで暴れられると、前乗りシートほどではないにせよ、自転車が想像しない方向に揺れるので危なくて走り出せない。

「まえがいいの！　まえがいいの！」

保育園の自転車置き場で、地面に座り込んで泣き叫ぶ我が子を横目に、スマホをいじっている母親など、はたから見ればろくな親ではないだろう。

「聞いて、りーちゃん。もう帰ろう？　パパが帰って来ちゃうよ？」

「いや！」

これは「良いか、悪いか」という問題ではない。

育児の「現実」の、一例でしかない。

寺本は莉乃が落ち着くまで、汚れも気にせず隣へ座り込み、厚労省のＨＰで「保育所」について調べてみた。するとそこには【保育所保育指針】として「入所する子どもの保護者に対する支援及び地域の子育て家庭に対する支援等を行う役割を担うもの」と記載がある。つまり保育園は「働く親の味方」であるはずなのだ。

「味方ね……」

寺本は大きくため息をついた。

今の保育園の体制は親のためではなく「無難かつ円滑に運営するための、保育園に都合のいいルール」ではないかとさえ、寺本は思うことがあった。

家を出る前に体温が36℃台でも、到着時の検温で37・5℃だからと門前払いのように帰される時もある。自転車に乗せるまでバタバタしたから体温が上がっただけで、もう少ししてから測ればきっと平熱に戻ると訴えても、朝の保育園は迎え入れで忙しい。規則や基準が必要なのはわかる。しかし37・4℃で園に入って行く他の子と、症状もないのに37・5℃というだけで帰される莉乃の違いは何か。

ルールはルールだと、頭では理解している。0・1点差でも、負けは負けだ。下痢の時にも「小児科を受診してくれ」「検査をしてもらってくれ」の一点張りになる。そして小児科から感染性の下痢症ではないと自費で証明書をもらっても、下痢がまったく出なくなるまで五日も登園させてもらえなかったことにも耐えた。

ルールはルールなのだ。

小児科で「なんでもないですね」「ただの風邪ですね」と確認することも親の義務だと、寺本は何度も自分に言い聞かせた。これを怠《おこた》っていると、いつしか虐待につながるのだと自分を戒《いまし》めた。

「りーちゃん。小児科、行こうか」

莉乃は泣き止んでいたが、無言のまま目も合わせない。

「小児科でお薬もらって、薬局でガチャガチャさせてもらおうよ」

呼び出しのあった翌日には、必ず保育園から「小児科を受診したか」と聞かれる。

もちろん体温が37・5℃未満で、咳や鼻水や下痢がなければ受け入れてくれるものの、「元気だから受診しなかった」と答えた時の担任の表情は冷たい。

実際、莉乃は今も元気だ。

しかし「ただの風邪ですね」と言われるとわかっていても、形だけでも受診をする。名前を覚えてしまうほど繰り返し出される「セット処方」をもらい、子どもたちが機嫌を直すように処方箋《しょほうせん》一枚で一回だけカプセルトイを回させてくれる良心的な薬局で三十分ほど待ち、明日《あした》の登園許可証にもなる薬をもらって帰らなければならない。

もちろん莉乃はその薬を嫌がって半分も飲まずに吐いてしまうのだが、そんなことは登園することに関係ない。皮肉にもその薬をちゃんと飲めたところで、鼻汁も夜の寝苦しい咳も改善したことはないのだが、ともかく担任は「小児科を受診して薬をもらっている」とさえわかれば満足なのだ。

「ママの自転車に乗らないと、ガチャガチャまで行けないけど……どうする？」

「……パパがいい」

「パパ、まだ帰って来られないよ。お仕事、忙しいから」

ようやく莉乃は、地面から立ち上がった。

理由は何でもいい。このチャンスを逃さず莉乃を抱え上げ、寺本は後ろのチャイルドシートに素早く乗せた。

「ガチャガチャしに行こう？　ね、ガチャガチャ」

去年、評判のいいお爺《じい》ちゃん先生がやっていた小児科医院が、突然閉院になった。新型ウイルス感染症の世界的流行で赤字になったとか、先生が倒れたとか、噂話《うわさばなし》はいくつもあるが実際の理由はわからない。まさか病院が潰《つぶ》れるとは考えたこともなかったが、こうなっては駅前にできた新しいクリニックしか選択肢はない。

「ガチャガチャ……？」

「そう。お薬もらう時の、ガチャガチャ。行く？」

「……いく」

診療時間は午後六時までと書いてあるものの、仕事帰りに二歳半の娘を連れて受診できるのは、どうしても終業間際のギリギリ。そうして息を切らせて駆け込んだ時に受付や看護師から露骨に発せられる「もう少し早く受診できないのか」「閉めようと思っていた矢先に」という空気感が辛《つら》い。すぐに診察室へ呼ばれ、こちらの話もろくに聞かず、ものすごい速さで聴診器をあて、莉乃が泣かない程度に喉《のど》というより口の中を軽く診て、定型文のように「風邪ですね」と伝えられて終わる。それでもありがたいことに、医療証を提示すれば自己負担はなく、無料で済む。

寺本は莉乃の機嫌が悪くならないうちに、駅前のクリニックへと急ぐのだった。

＊

今週に入って二度目の呼び出しは、正直なところ寺本にはしんどかった。

時刻は午後四時すぎ。定時で上がらせてもらうにしても、あと一時間。そこから全力で駆けつければ、なんとか保育園まで三十分と少しで着くことができる。つまり合計で一時間半ほど保育園が待ってくれれば、職場で渋い顔をされずに迎えに行ける——思わず寺本がそう考えてしまったのは、呼び出しの内容が発熱でも下痢でもなく「咳がひどいから」という理由だったからだ。

担任は相変わらず「喘息《ぜんそく》かもしれない」「RSウィルスかもしれない」と思いつく限りの不安を並べ、小児科で検査をしてもらった方がいいと勧めてくる。しかし今まで莉乃が喘息だと小児科で言われたことは一度もなく、今朝送り届けた時にも咳はまったくしていなかった。

どうしても席を外せなかった寺本は今日だけはと頼み込み、担任は渋々と定時までの時間だけは待つと承諾してくれたのだった。

「莉乃ちゃん。ママ、来てくれたよー」

そうして必死に駆けつけた寺本が目にしたのは、時に咳払いのようなカラ咳をしているだけで、元気に走り回っている莉乃の姿だった。

「りーちゃん……？」

「おかえりー」

「……先生、どういうことでしょうか」

「はい？」

この疑問がなぜ担任に伝わらないのか、寺本には理解できない。

いつものようにお迎えに来たわけではない。咳をしているから迎えに来い、喘息かもしれない、RSウィルスかもしれないと、不安を煽《あお》るようなことを電話越しに言われ、なんとか定時で仕事を切り上げさせてもらって全速力で駆けつけたのだ。

それに対して当の担任から「どうかされましたか？」という顔を浮かべられたのでは、たまったものではない。

「だって、先生。咳がひどいからって、お電話をいただいたじゃないですか」

「そうなんですよー。莉乃ちゃん、急に咳《せ》き込み始めちゃって」

「どんな感じだったんですか」

「もう、咳き込んで咳き込んで。吐いちゃうかと思うぐらい」

「……でも今、ぜんぜんですよね」

担任は莉乃の前にしゃがみ込み、笑顔を浮かべる。

「よかったねー、莉乃ちゃん。ママ、急いで来てくれたねー」

寺本は愕然《がくぜん》とした。それが果たして入園規約にある「保育中に発熱等の体調変化がみられた場合」に当てはまるのだろうか。

「先生――」

「心配だから、今日は必ず小児科を受診してくださいね」

立ち上がった担任は、もう笑っていなかった。

寺本は思う。自分はこの保育士、ひいてはこの保育園から、嫌われているのではないか。知らないうちに、なにか気に障《さわ》ることをしてしまったのではないかと。

「――わかりました。ご心配おかけしました」

深々とお辞儀をして保育園をあとにしたのは、午後五時半すぎ。

今日は素直に自転車の後ろに乗ってくれた莉乃だが、ここから駅前の新しいクリニックへ診察時間内に駆け込むのは無理だ。もし間に合ったとしてもギリギリで、また受付の若い女性から嫌な顔をされた挙げ句、診察二分でいつものセット処方をもらって終わりだろう。

「りーちゃん、咳がひどかったの?」

「うん」

「ごほん、ごほん、いっぱいした?」

「したー」

「……おなか、痛かった？」

「うん」

二歳半の言語理解は、この程度のものだ。実際に保育園で何があったかなど、寺本には知るよしもない。

「どうする？　小児科、行く？」

「いかなーい」

わかっているのやら、わかっていないのやら——こんなことを聞いても仕方ないと思いながら、寺本はため息をついて自転車をこぎ出した。

「どうするかなぁ……」

実はこの町には、他にもうひとつ小児科がある。そこは土曜も、夜も午後八時まで受け付けてくれることが売りなので、何度か受診したことがあった。そんな便利な小児科があるにもかかわらず寺本が受診しなくなったのは、そこが医療とは無関係な企業が、多角経営の一環として——つまりクリニックをチェーン店として、都内各所に開設しているとわかったからだ。

「……りーちゃん、コンビニ小児科に行く？」

「いかなーい。ふふっ」

「何がおかしいの」

「いかない、いかない、いかない」

コンビニ小児科――たしかに定期薬をもらったり、インフルエンザなどの簡易検査をしてもらったりする分には、それで事足りる。

しかしその体制を維持するためには、当たり前だが数多くの非常勤医師やその日限りのスポット医師で、診療時間の枠を埋めなければならない。

寺本が受付で聞いたり、ホームページから集めたりした情報をまとめてみると、月曜と土曜は小児科医がそれぞれ固定されていたが、ふたりとも非常勤だった。火曜日を休みにしたのは、月曜の祝日と合わせて日曜日から三連休が年に何度か取れるからかもしれない。水曜と木曜は、提携しているらしき大学病院の小児科から「バイト」として様々な医師が派遣されてくるうえ、午前と午後で医師が違うのは当たり前。金曜日はなぜか診療科が耳鼻科と内科で「小児科も診察可」と但し書きになっている。もちろん夜間の診療枠に、医師の名前が具体的に記載されることはない。

では、あのクリニックの院長は誰なのか――ホームページにも院長名は明記されておらず、それらしき医師が診察している枠が何曜日にあるのかもわからない。

おまけに医師からの説明も処方も治療方針も、何もかもが毎回違うことに、寺本は戸惑いと不安を隠せなかった。

「ママ、かえろー？」

「……そうだよね。ママも帰りたいけど」

あそこは決して「かかりつけ医」と呼べる小児科になり得るものではないし、チャイルドシートの莉乃を見る限り、小児科を受診する必要があるとは思えない。

しかし呼び出しの翌日には、必ず担任から「小児科を受診したか」「検査をしたか」「薬をもらったか」と聞かれる。だからといって、飲む必要があるかどうかもわからない薬をもらうために、院長が誰かもわからないコンビニ小児科へ行くべきか。

「もう、おりる」

「待って。今どうするか、考えてるから」

「あるくー。りーちゃん、あるくー」

「ちょ――待って、りーちゃん！」

後ろ乗りのチャイルドシートとはいえ、体重12kgに全力で左右に揺すられると、ハンドルがグラついて危ない。

「あるく、あるく、あるく」

「待って！　自転車に乗ってる時は、揺らさないでって言ってるでしょ！」

こうなると道の隅に寄って、邪魔にならないよう自転車を止めるしかない。

「危ないじゃないの、りーちゃ……ん？」

いつも眺めて通りすぎるだけの、住宅街に紛れ込んだアンティークショップ。その前で白衣を着た穏やかそうな男性が、カフェのような手書きの立て看板を出している姿が目に入った。

すでに陽は沈み、本来であれば閉店準備で片付けに入っている時刻のはず。にもかかわらず、今からここで何を開くというのか。そんな不自然さと、アンティークショップの店員としては不似合いな白衣姿にも目を惹《ひ》かれたが、それ以上に問題なのは手書き看板の内容だった。

「満月クリニック……クリニック？」

思わず出てしまった声に、白衣の男が振り向いた。

「こんばんは」

わずかに浮かべた笑顔が印象的で、好感度の高い若手俳優を思わせる。しかも白衣の胸に付けたネームプレートが、寺本の興味をさらに惹いた。信じられないことに「医師　赤崎」と書いてあるのだ。

「……こ、こんばんは」

それ以上、赤崎は話しかけてこなかった。かといって、背を向けて店内に入ってしまうわけでもない。自転車を止めた寺本との距離をたもったまま、穏やかな瞳《ひとみ》で見ているだけ。それなのに寺本は、自分が話しかけるのを待ってくれているような気がしてならなかった。

「あの——」

その視線に招かれるように、寺本はゆっくりと自転車を押して近づいていく。

「——すみません。ここって、アンティークショップでしたよね」

「はい」

「じゃあ、この看板は」

そこには「保険診療」「小児科・内科」「健康相談だけでもお気軽に！」というカラフルな文字に続いて、太く大きく「満月クリニック」と書いてある。この手の黒板は整骨院や整体院の前でよく見かけるが、ここはどう見てもアンティークショップ。医療とは無縁の場所と言っていいだろう。

「ですよね。普通はこの奥に、クリニックがあるとは思わないですよね」

「えっ！　じゃあ、本当に⁉」

無数に吊《つる》されたランプやシャンデリアと、それらに暖かく照らされたアンティークたちの奥に、クリニックがあるとは思えない。

「あっ。もちろん日中は、ちゃんとしたアンティークショップですよ？　クリニックは日没からなんです」

そもそもアンティークショップの方がちゃんとしたお店だというなら、クリニックの方はちゃんとしていない、という話になってしまわないだろうか。

しかし寺本には、その医者らしくない赤崎の敷居の低さが心地よかった。

もっとも、赤崎が本物の医師だということが前提ではあるが――。

「夜間救急なんですか？」

「夜やってるので夜間診療といえばそうですけど、皆さんが思われているような夜間救急医療――たとえば怪我の処置とか吸入とか点滴とかじゃなくて、健康相談？ というか、日中は忙しくて受診できない人のための診療所……って感じかな？ それで、やっていけたらいいなと思ってます」

当の医師本人の語尾に疑問形が多いのも、どうだろうか。なんとなく話半分に聞いた方がいいかもしれないと、寺本は思い始めた。

「……保険診療、なんですよね」

「はい。このクリニックは都庁にも届け出てありますし、僕も保険医の登録をしてありますから」

「こんばんはーっ！」

そのとき、莉乃が元気に挨拶《あいさつ》した。と同時に、チャイルドシートから立ち上がってしまった。不意に重心の移動した自転車から、寺本の細い腕に12kg以上の負荷がかかる。以前はこれに耐えきれず、転倒してしまったのだ。

「ダメ！　りーちゃん、座って！」

「おー。危ないよー」

慣れた手つきで両脇を抱え、赤崎が莉乃を抱き上げてしまった。決して声を荒らげず、落ち着いたものだ。

「すみません！　りーちゃん、自転車で立っちゃダメって——」

すんなりと莉乃を路面に降ろした赤崎が、寺本の動揺を優しく遮《さえぎ》った。

「え。なにこの、靴。カエルさんなの？」

「かえるさーん」

「かわいいね。こっちのカエルさん、ウインクしてるじゃん」

莉乃の目線に降りて話しかける赤崎を見た寺本は、話半分に聞こうとしていた自分を恥じた。息をするように二歳半の子どもとこのやり取りができるのは、明らかに子どもの扱いに慣れている証拠。赤崎が似たような年齢の子どもを持つ父親であるか、あるいは——。

「もしかして、小児科の先生ですか？」

「あ、はい。けど、大人の人もそれなりには診れます」

これは寺本にとって、千載一遇《せんざいいちぐう》のチャンスだ。

「あの……今から受診、できますか？」

「もちろん。ここは、日没からのクリニックですから」

さすがにこのアンティークショップの奥で、処方してもらおうとは思わない。しかし看板には「健康相談だけでもお気軽に！」と書いてあるのだ。今まで寺本がずっと疑問に思っていたことに、この赤崎なら答えてくれるかもしれない。なによりそれで、明日は担任に「小児科を受診した」と言える。

「実は、この子――莉乃のことなんですけど」

こうして寺本は、アンティークショップ「南天NOSTALGIA」の奥にある「満月クリニック」に足を踏み入れてみることにしたのだった。

＊

キラキラ光るアクセサリーや、小物のアンティークたちが並ぶ店内。物珍しさに手を伸ばす莉乃が、商品をひっくり返して取り返しがつかなくなってしまわないように手を引きながら、寺本は奥へと進んだ。すると意図的に確保されたスペースが広がり、そこに無垢材《むくざい》の折り畳みパーティションが立てられていた。

「どうぞ。こちらに、おかけになってください」

ここが診察ブースらしいが、どう見てもクリニックという雰囲気ではない。

赤崎の机は、濃い木目調の英国風の収納付き書斎机。デスクの上部分には、小さな取手の付いた引き出し式の小物入れが四つほど一列に並び、書類を横積みに収納できるラックが左右に別れて二段ずつ付いている。その上には医学書も立てられているが、一緒に並べられた小瓶の観葉植物が、その光景を和ませている。

「あ。椅子、もうひとつ出しますね」

「いえ、大丈夫です。膝《ひざ》の上に抱っこしてますから」

赤崎が座っている椅子も当然のように、バルーンバックに縦縞《たてじま》のクッション座面を持つアンティーク。そして驚くことに診察ベッドは、フランス風の優美な曲線が愛らしい、ガーリッシュな白いアイアンベッドだ。敷いてあるマットレスが病院や整骨院でよく見かける一般的な水色のビニールレザーに替えてあるのは、さすがに拭《ふ》き掃除と消毒を考慮してのことだろう。

この雰囲気では、いつ羽ペンとインクで紙のカルテを書き始めても不思議はない。もしかすると医療業界にも「コンセプト・クリニック」という経営方針が現れ始めたのかもしれないと寺本は考えたが、コンセプト・カフェでもあるまいし、それはそれで怪しすぎるだろう。

「りーちゃん、おいで。ママと抱っこ」

それでも寺本が莉乃を膝に乗せ、うぐいす色の柔らかな座面をした、大正ロマンという言葉の似合う木製の回転式円椅子に座ってしまった理由――それはひとえに、このクリニックらしくない雰囲気のせいでもある。そして赤崎の穏やかな表情と仕草に、医者と患者を隔てる「分厚い空気の壁」のようなものを感じなかったからだ。

「今日は、どうされました？　えーっと……」

「寺本です」

受付をしていないのだから、名前を知らなくて当たり前。そもそもマイナンバーカードも確認していないが大丈夫だろうかと、寺本の方が心配になった。

「お聞きしたいんですけど……いくら咳や鼻が出ていると伝えても、いつも行く小児科は『同じ薬』しか出してくれないんですけど、どうしてなんでしょう」

まずは外の立て看板に書いてあった「健康相談だけでもお気軽に！」という言葉を試してみることにした。薬をもらうだけなら、コンビニ小児科で十分だ。

「お薬手帳、あります？」

「あ、はい。いつ行っても、こればかり出されて」

常に持ち歩いている、キャラクターのちりばめられた薬局の手帳を差し出した。

「なるほどね――」
二、三ページめくっただけで、赤崎は何かを理解したようだった。
「――これ、セット処方でしょう」

皮肉にも赤崎は、その処方に対して寺本と同じ「セット」という表現をした。

「セット？」

「電子カルテになってから特にそうなんですけど、あらかじめ『咳にはこの薬』『鼻症状にはこの薬』『下痢にはこの薬』って、決めておくんですよ。そうすると、たとえバイトの医者をスポットで雇っても、迷わず処方できますし」

「その子を診察する前に、セットしてあるんですか？」

「ですね。電子カルテのない時代は『処方セットのハンコ』をいろいろ作って、紙カルテの処方欄に押してたらしいですよ」

そんな医療の手の内を明かして、よいものだろうか。少なくとも寺本は、診察室で病院の裏側の話をしてくれる医者を見たことがない。

「あとは小児ですから、薬の処方量が体重計算で細かく変わってくるんですけど、それも最近は電子カルテが勝手に計算してくれますからね。このクリニックは混んでるか、小児のことをよくわかってない医者が診たんですかね。たぶんそのセット処方を、ワンクリックで処方に入れたんじゃないかと思います」

「このお薬手帳だけで、そこまでわかるものなんですか？」

「ちょっと、書き込んでいいです？」

「あ、ぜんぜん」

赤崎は椅子を近づけ、お薬手帳の一ページにボールペンで印をつけた。

莉乃まで興味津々にのぞき込んできたが、明らかに赤崎との距離が近い。すぐに二歳半の警戒心を解いてしまうあたり、赤崎の雰囲気は作り物ではなさそうだ。

「これ、去痰剤《きょたんざい》――痰切《たんき》りのお薬なんですけど、処方量が0・58gになってるじゃないですか」

処方の内容は気になっていたが、さすがに内服量に目を向けたことはなかった。

「こっちの咳止めは、0・31g。でも実際に自分で粉薬を分包《ぶんぽう》してみればわかるんですけど、小数点第二位のgなんて誤差範囲の量で、薬効に影響のないものがほとんどなんです。もちろん種類によっては、そこまで細かく調整しなきゃならない薬剤もありますけど、少なくとも去痰剤とか咳止めは、四捨五入して0.6g、0.3gにしても別に問題ありません。薬剤師さんの手間を考えれば、僕ならそうしますけど……内科の先生なら仕方ないかもしれませんね」

「そうなん――えっ!? あそこ、内科の先生が小児科を診てるんですか?」

「どうですかね。実際のところは知らないですけど、それっぽい気はします」

「それは、どこを見て……?」

「この病院名ですよ。ここに『内科・小児科』って書いてあるじゃないですか。これを『標榜診療科名《ひょうぼうしんりょうかめい》』って言うんですけど、自信があるっていうか、専門っていうか…

…その順番に表記するものなんです」

いまひとつ、赤崎の言っている意味がわからない。

「たとえば内科の先生が開業して『小児も診ますよ』という場合は『内科・小児科』で、僕のような小児科医が開業するなら『小児科・内科』と届け出るかもってことです。つまり小児科医だけど『成人も診れます』ってことになるんですけど、僕は老人医療とか心臓血管系の疾患とか、自信を持って診れないですし」

そこで赤崎は、少し首をかしげて考えた。

「そうですねぇ。僕なら内科や皮膚科は標榜せず『小児科・アレルギー科』にするか……いや、大人の喘息《ぜんそく》とか花粉症とか、管理方針が小児とぜんぜん違うから、やっぱり『小児科』単科の標榜にするかなぁ」

寺本は言葉に詰まった。

そんな大事なことなのに、今まで誰からも聞いたことがなかったのだ。

「なんで内科医なのに、わざわざ小児科って看板に書くんです？」

「あらかじめ『標榜診療科』を届け出ておかないと、同じ患者さんを診ても診療報酬が請求できない項目とか出てくるんですよ」

今まで莉乃は、内科医に診られていたのだ。どうりで処方が決まったものしか出されないし、飲んでも効かないはずだと、寺本は変なところで納得してしまった。

つまり間違い探しの、間違った方の病院に行っていたということなのだ。

「ちょっとしたマメ知識として、覚えておいて損はないと思います。ちなみに皮膚科の医者じゃなくても『皮膚科』と標榜できますし、花粉症とかの患者を増やしたいなら『アレルギー科』と標榜できます。とくに花粉症の患者さんは多いですしね」

「え……それはさすがに、詐欺《さぎ》じゃないですか？」

「問題ないんですよ。医師の国家資格さえ取得していれば、その後にその医者が何科を標榜しようが自由なんです」

想像したことのない世界の裏側を覗《のぞ》いてしまい、寺本は愕然《がくぜん》とした。

「建前的には『学生や研修医の時に全科を履修《りしゅう》しているから大丈夫』ということなんでしょうけど、さすがに忘れちゃってることの方が多いですよ。だから『専門医』って資格が生まれたらしいんですけど……まぁ、あれも種類によっては、うん」

しかも赤崎は、専門医についてまで言葉を濁している。

「でも、先生。皮膚とか診れないのに、患者さんが来たらどうするんですか？」

「診察室には入れるんじゃないですかね。そのあと『これは皮膚専門の先生に診てもらった方がいい』と言えばいいだけなので」

「診るだけ？　最初から、受付で断ればよくないですか？」

「初診料とか再診料とか、取れますから」

赤崎は何でもないような顔をして、とんでもないことを教えてくれた。これは明らかに、雑談の域を越えている。むしろ今までそういう医療の仕組みを知らないまま生きてきたことに、寺本は戸惑いが隠せなかった。

しかしこの調子なら、聞けば赤崎はなんでも答えてくれる気がしてならない。こんな話が気軽にできる医者が、こんな身近に隠れていたとは——。

「先生。他にも、聞いていいですか？」

「あ、どうぞ。他に患者さんがいるわけじゃないので」

お言葉に甘えてとは、このことだろう。せっかくなので、日頃のモヤモヤも解消して帰ろうと寺本は決めた。

「なんで保育園って、いくら元気でも37・5℃で呼び出しするんですか？」

「リスク回避ですよ——」

その質問に慣れているのか、赤崎は即答した。

「——小児科の外来をある程度やってると、保育園って『可能な限り責任を負いたくないんだな』と思うことはわりとあります」

小児科医からもそう見えると聞いて、寺本は少し心強くなった。

「だいたい乳幼児では、37・5℃以上の体温が必ずしも病的な発熱とは限らないことも珍しくないですしね」

「乳幼児って、基本的に体温が成人より高いことが多いんです。眠いとか、騒いだとか、興奮したとか、疲れたとか——そういう理由でも37℃を超えるなんて、普通にあります。まだ体温調節が未熟だから、別に病気じゃなくても36℃の範囲に体温を収めきれないってことは、普通にあると思いますよ」

「そうなんですか？」

「じゃあ、なんで保育園は……」

「どこかで『発熱』の線引きをしなきゃいけないんですけど、小児の発熱の基準がわからないんじゃないですかね。それで成人の発熱の基準をそのまま使ってたけど、だったら『予防接種の時の基準』でいいんじゃないか、となったような気がします。まぁこれは、あくまで僕の想像ですけど」

寺本は、すぐにピンときた。麻疹《ましん》と風疹《ふうしん》の混合ワクチンを接種しようと受診した時、体温を何度測っても37・6℃だったため、元気一杯なのに断られたのだ。

「37・5℃以上で予防接種を打っちゃったら、その伝票は市区町村に提出しても『正しく接種していない』と判断されて、突き返されてきます。ワクチン代は支給されず、その病医院の持ち出し——要は、自腹のサービス接種になるんですよ」

「それで、あんなに検温が厳しいんですか」

「体温ってあくまで自己申告なので、大人の人だとテキトーに36・5℃とか書く人はいますけど、そういう意味では小児の予防接種基準は厳格だと思います。まぁ最近は大人も、非接触型体温計を使って、目の前で測られることが増えましたよね」

「あと、先生。もうひとつ、いいですか？」

「もちろん」

ここにはクリニックや診察という雰囲気がまるでなく、赤崎も昔から付き合いのある、ご近所さんのように気さくに答えてくれる。

「今日なんかも熱がないのに『咳をしている』だけで呼び出されたんですけど、やっぱりそのたびに検査したりとか、薬もらったりとかしなきゃダメなんですかね」

「いや、そんなことないですよ。咳っていうのは出所《でどころ》が問題で――」

寺本の訴えにひとつずつ耳を傾け、赤崎はそのすべてに答えた。

そのどれもが今までどこの小児科でも聞いたことがなく、寺本の知らないことばかりだったが、すべて納得できるものだった。

そしてどれだけ質問を投げかけても、赤崎はチラチラと腕時計を見たり、電子カルテで患者の待ち人数を確認したりせず、時間を気にする様子がない。

それがなにより、寺本の高ぶっていた心を穏やかにさせていったのだった。

＊

気づけば、あっという間に三十分がすぎていた。

これはよほどのことがない限り、普通の小児科ではあり得ない診察時間だ。

「りーちゃん……？」

不意に莉乃が静かすぎることに慌てた寺本だったが、勝手にひとりでどこかへ行ってしまうこともなく、診察ベッドの上で機嫌よく絵本を眺めていた。

「こら、勝手に。降りなさい」

椅子から腰を上げようとした寺本を、赤崎が止めた。

「いいじゃないですか。ちゃんと靴も脱いで、お利口さんだし」

「いつもこうだと、助かるんですけど……」

思わず、ため息が出てしまう。

「言語理解がまだ十分でない年齢の子どもたちでも、その場の雰囲気、相手の表情、声色や強弱など、非言語的なものでいろいろと理解してるものですよ」

その時、様々な角度から映し出された自分の姿が、寺本の脳裏に浮かんだ。

正社員になった苦労と仕事のストレス、保育園や担任保育士に対する不信感、ちゃんと診てくれる小児科を探す疲れ、夫の育児協力に対するモヤモヤ、そしてなにより莉乃に対する困惑と育児疲れ――。

　たしかに莉乃は、明らかに寺本の顔色をうかがっている時がある。

「言葉じゃないもので状況を大まかに理解しているけど、それを上手に表現する手段が少ない。情報入力はされているので何となくわかっているけど、適切な出力の方法を知らない。二歳半って、そういう年齢だと思います」

　もしかすると莉乃の言動は、それらを漠然と察知した上での反応ではないか。つまり、寺本自身の余裕のなさが伝わってしまっていたのではないか。

　寺本はどうしても、自分の「人間力」を責めてしまう。言い換えるなら「親力《おやりょく》」の不足とでも言えばいいだろうか。

「先生。子育てって――」

　込み上げてくる無力感に、寺本は耐えきれなくなった。

　子育ては「親の能力」が露骨なまでに反映される場だと、寺本は常日頃から考えていた。経済力の違いはどうすることもできないとしても、それ以外の能力――たとえば許容力、包容力、情報収集能力、人生における守備範囲の広さ、特定の部門における造詣《ぞうけい》の深さ、危機管理能力、料理を含む家事力――挙げればきりがないそれらにおいて、申し訳ないほど莉乃に影響を与えてしまっているだろうと。

だからなんとかしなければと思い、次から次へと出版される育児書や、子どもの教育を扱った本を読み、日々アップデートしようとは思っている。

しかしそれらすべてに応《こた》えられるほど、寺本はタフではない。

「――つまり莉乃の『いやいや』は、私のせいだったんですね」

気づけば寺本は、目に涙を浮かべていた。

そんな自分の至らない点の多さに、嫌気が差してきたのだ。

「や。それはどうですかね」

そんな寺本を慰めるでもなく、赤崎は平然とした顔で首をかしげている。

「僕は寺本さんほど、莉乃ちゃんのことを深く知っているわけではないです。今日、会ったばかりですからね。でも広く浅くと言う意味では、下手をすると寺本さんが見聞きしてきた子どもたちの、何百倍もの人数を診てきたと思うんです。もう、小児科をやって十年が経ちますし」

もっと若いと思っていた寺本は、少し驚いた。小児科十年目がどれほどのキャリアかまったくわからなかったが、どんな業種でも十年選手といえば中堅どころだ。

「その上で莉乃ちゃんから受ける第一印象《ファーストインプレッション》なんですが……寺本さんにできることは、ぜんぶ頑張ってこられたんじゃないです？　すごくいい子だと思いますけど」

思えば誰からも、育児を褒《ほ》められたことがない。寺本自身でさえ、他の親にできることは、すべて「自分もできて当たり前」だと思っていたのだから。

こぼれないようにしていた涙が限界を超え、頬を伝う。

寺本は、慌ててハンカチを取り出した。

「す、すみません……」

そんなことにも慣れているのか、赤崎の表情は変わらない。

「もし寺本さんに足りないものがあったとしたら、話し相手じゃないですかね」


その言葉を聞いて、寺本はこの「満月クリニック」が開設された意味を考えた。

時間に追われて余裕もなく、いつも気づけば陽が沈んでいる。噂話と経験談だけで盛り上がるママ友やネットの情報に惑わされ、時には保育園すら働く親の味方となってくれないこともあり、夫は育児に無関心ではないとはいえ積極的とも言い難い――そんな「パッと見ではわからない」が精神的に孤立してしまったワーキングママにとって、ここはなんでも好きなだけ相談できる、安心を提供してくれる場所なのだ。

「ママー。おなかすいたー」

あれほど機嫌良く眺めていた絵本をおいて、ベッドから寺本の膝《ひざ》に戻ってきた。

「……ごめんね、りーちゃん。お腹すいたよね」

「ママ、だいじょうぶー？　ないてるー？」

「うん？　ぜんぜん、大丈夫だよ」

やはり莉乃は、非言語的なもので雰囲気を察しているようだ。

「先生。いろいろ、ありがとうございました。長々と、すみませんでした」

「や、別に。これが、このクリニックのコンセプト――」

そして赤崎は、穏やかな笑みを浮かべながら付け加えた。

「――だと思います。たぶんですけど」

「たぶん、て」

思わず、寺本にも笑みが浮かぶ。

「うちのオーナー、ちょっとなに考えてるんだか、わからないとこがあって」

体裁悪そうに頭をかく赤崎を見て、寺本は我に返った。ここに座ってから、もうそろそろ四十分がすぎようとしていたのだ。

「あの、先生……そろそろ」

ようやく、赤崎は腕時計を見た。

赤崎自身にも、診察しているという意識がなかったのかもしれない。

「すいません、こんなに長く引き止めちゃって。夕食の準備とか、大丈夫ですか？」

「それは、ぜんぜん大丈夫なんですけど……お会計は」

表の立て看板には「保険診療」と書いてあったものの、赤崎は話をするだけで一切カルテを書いていない。そのうえ赤崎以外は看護師どころか、受付事務も見当たらなければ、レジも窓口もない。いくら区が交付している乳幼児の医療証を持っているとはいえ、なにもかもが規格外のクリニックで、それが通用するのか不安になってきた。

「保険証番号と医療証、控えさせてもらっていいですか？」

「……ここで、お支払いなんです？」

「はい。すぐ済みますから」

そう言うと赤崎は、なんとアンティークの書斎机に「領収証」の紙を取り出し、ボールペンで領収金額と診療明細の内容を手書きし始めたのだ。

「じゃあ、これで」

この期に及んで「ぼったくり」ではないかという不安が込み上げてきたものの、その内容を見て寺本は驚いた。

「えっ――」

赤崎が請求したのは、なんと「初診料」のみ。よく見かける「外来管理加算」「明細書発行体制等加算」「時間外対応加算」の文字は、どこにも書かれていなかった。もちろん初診料は正規の291点――2910円であり、自己負担分は二割の580円だけ。しかも医療証が有効なので、それすら支払う必要もないのだ。

「オーナーの意向なんで、大丈夫ですよ。まぁ……僕も医療事務のことはかなり弱いですけど、それでいいって言われてるので」

そう言って赤崎は、裏表のないまっすぐな笑顔を浮かべた。

「……じゃあ、お言葉に甘えて」

「あ。そうだ、寺本さんは初診なんで、この店にあるアンティークを何かひとつ選んで、持って帰ってもらえます？」

「はい……？」

「僕も、意味はわからないんですけど……それもオーナーの意向なんで」

ここまでくると、さすがに何か思惑《おもわく》があるのではないかと疑ってしまう。

なにより、寺本はアンティークに興味がなかった。もっと言うなら、もらったところで置く場所に困るというのが、正直な気持ちでもある。

「や。さすがに、それは」

「莉乃ちゃん。このお店で、なにか好きなものある？」

よりによって、莉乃にこの話を振られるのは困る。

「すきなもの？」

「うん。ひとつだけ、持って帰っていいよ？」

「先生、これって」

「くれるの？」

「一個だけね」

しかし、莉乃の瞳《ひとみ》はすでに輝いていた。この表情になると、スーパーでも頑として
その場に座り込んで動かなくなってしまうのだ。

「待ってね、りーちゃん。選ぶなら、ママと一緒に」

寺本の制止は届かず、莉乃はすぐに診察ベッドへと向かい、さっきまで読んでいた
「ネズミが体操をしている表紙の絵本」を持ち帰ってきた。

「これください！」

「絵本で、いいの？」

「これーっ！　ママ、もらったーっ！」

そう言って、莉乃は寺本のもとへ駆け戻ってきた。

「りーちゃん。絵本なら、おうちにも――」

それは皮肉にも、寺本自身が母親から読んでもらった記憶のある絵本だった。いくら他の絵本を買ってもらっても、結局こればかり読んでもらい、何度読んでもらっても嬉《うれ》しかったことを寺本は思い出した。

そして同時に、呆《あき》れることなくそれを読み聞かせてくれた、あの時の母親の声と顔と、温《ぬく》もりも――。

寺本は、赤崎に見送られながら満月クリニックをあとにした。

大事そうに絵本を抱えて離さない莉乃をチャイルドシートに乗せ、いつもと同じ道を、いつもと少しだけ違う夜の空気を吸いながら家路に就く。

「りーちゃん、しっかり持っててね。落とさないでよ」

「はーい」

これで明日から、毎日の生活に何か劇的な変化が起こるわけではない。

しかし今夜は、莉乃にゆっくりとこの絵本を読み聞かせてやりたい。

そう思うだけで、寺本の心がわずかに軽くなったのは事実だった。

＊

時刻は午前八時。

アンティークショップ「南天ＮＯＳＴＡＬＧＩＡ」の前も、朝の通勤で人通りが増え始めた頃、赤崎が店内からあくびをしながら姿を現した。

「ふはぁ――もう、看板入れちゃっていいか」

昨日は寺本が帰ったあと、午後八時すぎまで入口のカウンター内で、ぼんやりと文庫本を読んですごした。そのうちペットカメラがケージの中で巣箱から背伸びをしながら姿を現したハムスターを検知したので、トイレ砂の掃除とウォーターサーバーの水を交換。手に乗せておやつのカボチャをひとかけら与えながら動画を撮影したあと、体重の10％分のペレットと乾燥野菜を量って皿に入れ、いつものお世話を終えた。

その後は何事もなく、時間はしんしんとすぎていった。

聞こえてくるのは、リプリーと名付けたイエロープディングの毛色をした小さなジャンガリアン・ハムスターが、遠くで回し車をカラカラと回し続ける音だけ。再びカウンターの中に戻り、本を読み、飽きたらフレンチプレスでコーヒーを淹《い》れ、腹が減ったら買い置いていたブランのパンにクリームチーズをのせて食べる。ときどきリプリーの様子を見に行き、目が合うと手の上に乗って来るので触れあい、その後はまたカウンターに戻ってうつらうつらと居眠りをする。

それが赤崎の、だいたい決まった毎晩の様子だった。

「なにやってんだろ……」

最近の穏やかすぎる生活のおかげで、ようやく脳が冷静に物事を考えられるようになったのだろうか。三十五歳の医師が「こんな生活を続けていいのか」という疑問が、再び湧き上がってくるようになった。

かといって、前の生活に戻ることは想像できない。

かつて赤崎は、大学の附属病院で、高次医療と夜間救急診療の最前線にいた。

いまだに根性論がもてはやされる体育会系のブラックな医局のせいで、日常生活は破綻《はたん》した。そんな心身共に疲れ果てていた時に、医局の政治的な派閥争いに巻き込まれてしまい、厄介払いに医師不足の関連病院へ異動を命じられた。そこは千葉のとある地域の中核病院だったが、在籍する小児科医はひとり。赤崎は前任者と交代というかたちで配属になったのだ。

「……でもなぁ。僕に『ひとり医長』は、無理だよ」

その科に所属する医師がひとりしかいない場合、総合病院では必然的に「医長」にならざるを得ない。古くはこの人員過疎の配置を、部下や同僚のいない「ひとり医長」と呼んでいた。

今でも東京二十三区を出れば、地域の小児科医療を支えるべき中核病院にもかかわらず、ひとり医長の体制しか取れない小児科は珍しくない。朝の病棟回診を済ませて治療の指示を出し、その後は産科からの分娩《ぶんべん》や帝王切開の連絡に怯《おび》えながら溢《あふ》れかえる外来をこなし、入院が必要な患者が受診すれば、もちろん自分が点滴をして病棟に上げる。中核病院という二次医療機関である性質上、当然ながら救急車での搬送も、時間を問わず舞い込んでくる。そうなると、業務はすべてストップ。初期治療を施し、日常業務と並行して診られそうにない重症例だと判断したら、頼みの綱である高次医療機関の大学病院の医局に電話を入れる。なにが悲しいかといって、必ずしも引き受けてくれるとは限らないことで――。

「おはよう、赤崎くん」

そこでようやく、赤崎は我に返った。

振り返ると、オーナーの福尾が不安そうな顔を浮かべている。

相変わらず白髪一本なく、きれいにまとめられた黒髪と、ゆったり自分スタイルで選ばれたモノトーンの柔らかなニット素材が、年齢をわからなくしている。その手や首筋のしわさえ、人の生き方によっては美しい年輪となり得るのだと、赤崎はいつも感心していた。

「大丈夫なの？　また、フラッシュバック？」

フラッシュバックと聞くと、事件や事故、大惨事や大災害など、一生消えない心の傷を思い浮かべるかもしれないが、実際は違う。他人からすればどんなに些細《ささい》なことでも、当人にとって忘れられない傷であれば、何でもフラッシュバックする。

それは何年、何十年経っても、まるで昨日のことのように鮮明に詳細に、時には色彩や匂いまで伴って脳内に再生される。もちろん、年齢も関係ない。中学生の時に経験した嫌な記憶や恥ずかしい思いをした記憶が、三十五年以上も経った五十歳になっても、相手から言われた言葉のひとつひとつまで不意に脳内で再生されるのだから、たまったものではない。

しかも映画やドラマのように「引き金」などないことも多い。何の前ぶれもなしに脳内がその光景で溢《あふ》れかえり、蘇《よみがえ》った当時の感情に身震《みぶる》いする。

それが、フラッシュバックの現実なのだ。

「おはようございます。大丈夫ですよ、いまクリニックの看板を片付けますから」

「……そう？　なら、いいんだけど」

福尾はラタンの編みカゴから、着物生地を再利用したようなランチクロスに包まれた、ランチボックスを取り出した。

「今日のおにぎり、ツナマヨにしてみたの。お茶を淹れて、朝ご飯にしない？」

「すいません、いつも」

「昨日は、どう？　誰か来た？」

「あ。ひとり、来られましたよ。お子さん連れの、ワーキングママさん」

それを聞いて、福尾は満足そうだった。

「いいじゃない、いいじゃない。何歳の子？」

「二歳半の女の子です」

「いよいよ『満月クリニック』の本領発揮、って感じがしない？」

「いや、ちょっとまだよくわからないですけど……本当に初診料しか取りませんでしたけど、いいんですよね？」

「いいけど？」

「再診の場合、再診料と外来管理加算だけでいいんですよね？」

「うーん……よくわからないから、それ以上は取らないであげて」

何度聞いても、福尾は診療報酬を気にしない。

しかし、この満月クリニックのオーナーは福尾なのだ。その方針に従うのは、雇われ院長として当たり前のこと。赤崎はそれ以上、聞かないことにしていた。

「言われた通り、アンティークはひとつだけ選んでもらいましたけど」

「なにを選んだの？」

むしろ福尾はいつも、どんなアンティークを持って帰ったのかを気にする。

「絵本です。ネズミの親子っぽいのがラジオ体操してるような、緑色の」

「あぁ、はいはい。それ、どっちが選んだの？　お母さん？　女の子？」

「お子さんです。お母さんと話している時も、ずっといい子にして、それを眺めてま

したからね」

その時、チャイルドシートを後ろに積んだ自転車から、すれ違い様に元気な挨拶《あいさつ》が

飛んできた。

「先生！　おはようございます！」

「おはようございまーす！」

そこには昨夜と違い、表情の明るくなった寺本と、チャイルドシートから笑顔で手を振る莉乃の姿があった。

「いってらっしゃーい」

赤崎も手を振り返したが、莉乃を乗せた自転車は止まることなく走り去って行く。

「知り合い？」

「さっき話してた、昨日の親子ですよ」

それを聞いた福尾は満足そうに大きくうなずき、赤崎の背中をぽんと叩《たた》いた。

「What a lovely day——」

「……はい？」

「さ。朝ご飯にしましょうか」

こうして、赤崎の一日は終わる。

そしてまた陽が沈む頃に、ひっそりと看板が出される。

それが満月クリニックの日常なのだ。

第二話　できること　向いていること

菱山彩葉《ひしやまあやは》は、社会人一年生の二十二歳。

苦難の就活の末、幸運にも念願の大手映像制作会社に新卒で採用された。

保険証の被保険者は自分の名前になり、国保から社保に替わった。親が払ってくれていた仕組みをよくわかっていない国民年金も、厚生年金に替わる。それだけでも十分に社会人らしいと実感できるものだったが、会社が中央区《ちゆうおう》にあることで、やる気とテンションはますます上がる一方のはずだった。

「す、すいません……降ります」

両親の選んでくれた静かな住宅街にある1Kの賃貸マンションは、最寄りの駅まで歩いて十五分と微妙に遠い。しかし学生の頃から憧《あこが》れていたお洒落《しやれ》なオトナの街までたった四駅なので、まったく不満はなかった。会社近くの駅までは二度ほど乗り換えなければならないが、こちらも約四十分で着いてしまうので、それほど苦痛はない。

「――降ります、降りまーす！」

東京の通勤電車の異常な混み具合も、どうということはない。

学生の四年間で慣れていた分、地方から上京してきたばかりの新社会人より、精神的なアドバンテージがあると菱山は思っている。駅のホームで「お荷物お体、お引きください」「駆け込まないでください」のアナウンスが繰り返され、何度もドアが開け閉めされているうちに次の列車がすでに駅の手前で停車し、一分間隔でホームに入ってくる光景も珍しいとは思わなくなった。関係なさそうな路線の遅延が、巡り巡って自分の身に降りかかってくることも予想できるようになったし、間違ってもカバンの中におにぎりを入れて朝の通勤列車に乗ることはない。

そして駅を降りれば、そこは皇居も東京タワーも近い、まさに東京の中心部。天井が吹き抜けになった巨大オフィスビルのエントランスを歩き、社員IDをタッチしてゲートをくぐる。ここから先は、今まで決して入ることのできなかった社会人ゾーン。つやつやのエレベーターがずらりと並ぶ中、よく知らないスーツ姿の人たちに紛れて乗り込み、隙間から腕を伸ばして八階のボタンを押す。

ここまでは文句ひとつない、菱山が憧れた東京での社会人生活そのもの。

しかしエレベーターを降りた先には、想像もしなかった世界が広がっていた。

「おはようございます」

低いパーティションで仕切られたデスクが十席、対向島型に並んでいる。角のひとつは複合機が占めているので、菱山を含めて総勢九人の部署だ。

歳の離れた女性社員がふたりいるが、就職時期が違うせいで、価値観もどこか違う。他は共通の話題があるようで会話がいまいち噛《か》み合わない男性社員ばかりで、もちろん同期はいない。

しかし菱山にとって、そんなことが問題ではなかった。入社式が終わり、すぐに動揺と困惑で頭が一杯になってしまった理由は、他にある。

菱山は大学で人間社会学部・情報社会学科・メディア文化を専攻し、サークルも映像シナリオ研究会に所属していた。ショートフィルムながら二本の自主映画の制作にも携《たずさ》わり、アルバイトも映画館のフロア業務をしていた。もちろん面接でアピールしたのも、面接官と最後まで話に花が咲いて好感触を得たのも、そんな映画や映像、脚本や演出の話ばかりだ。

――にもかかわらず、配属先は「人事部」だった。

この会社の人事部には、つい先月まで密にやり取りをしてもらっていた側の人間であり、入社後もしばらくはなにかと面倒をみてもらうことが多いと、先輩たちから聞いていた。そんな人事部への配属を知った友だちは「将来有望な証拠」「手堅い評価を受けて羨《うらや》ましい」などと言うが、菱山はそれどころではなかった。

「おはよう。通勤、慣れた?」

カバンを下ろしてデスクに座ると、入社二十年目のベテランすぎる男性社員——親ほど歳の離れた、四十七歳の小嶋《こじま》が必ず隣から話しかけてくれる。

「おはようございます。だいぶ、慣れてきました」

「そうか。あれでも東西線《とうざい》に比べたら、空《す》いてる方だからね」

配属初日から、かなり小嶋に気を遣われているのが菱山にもわかった。野球にもゴルフにも興味がない菱山との会話をどうするか、明らかに困っている。これはいけるだろうと振られたアニメの話も、タイトルだけは知っていたが、会話は広がらなかった。最近では話題が限られすぎて、通勤系の苦労話か天気の話ぐらいしかない。

しかしここは、大手映像制作会社なのだ。いつかは映画の話でも出るだろうと菱山は気楽にかまえていたが、その願いは今のところ叶《かな》えられていない。少なくとも小嶋は、映画にもドラマにもまったく興味がなさそうだった。

「朝の東西線って、そんなに凄《すご》いんですか?」

「これ、見てよ。今、送るから」

そのくせチャットアプリのID交換は出勤初日にさせられたものの、なんと返していいかわからない会話を定期的に投げかけられるだけ。あるいは今のように、興味のない画像が送られてくることもある。そこで仕事に関係のない話はプッシュ通知で目を通すだけにしていたのだが、わざわざ小嶋が「既読がついてないよ」と伝えに来てしまうため、毎回すぐにアプリを開いて確認せざるを得なくなっていた。

「ほら。リモートが普及する前なんて、押し込められた乗客の圧で、ドアの窓にヒビが入ったこととあったんだよ？　信じられる？」

「えー。これ、凄いですね。雨の日とか、死んじゃいそう」

菱山にはメンターがいない。

それもそのはず。人事部には、ここ十年ほど新人が入っていない。つまり指導してくれる直属の上司が、この親ほど歳の離れた小嶋なのだ。

「じゃあ今日も、昨日の続きからやろうか」

「はい。お願いします」

菱山が人事部に配属された理由――それはこれまで人事部が培ってきたノウハウを「継承する若手の育成」という目的もあるらしいが、どうやら目の前にある課題として、来年の新卒採用時には「学生と年齢の近い人材」が欲しかったらしい。

つまり菱山が大学で専攻したこと、志望した動機、これからやりたい仕事など、あれだけ三次面接まで話し続けた内容は「入社」という狭き門をくぐるためだけのもの。

そこから先は人の気持ちなど関係なしで、会社のために働きなさいというのが、社会の常識だったのだ。

「えーっと……どこまで教えたっけ」

最近では配属先の確約を掲《かか》げてくれる企業もようやく出始めたらしいが、基本的に配属先は選べない——いわゆる「配属ガチャ」は仕方のないことだと、菱山は学生の頃から理解していたつもりだった。

職場で見るもの、聞くもの、すべてが初めてのことばかりというのも、当たり前のこと。ひとつずつ確実にこなしていけば、時間はかかっても、少しずつ慣れていけるはず。新卒とは誰でもそういう不安だらけなのだと、菱山はなんとか気持ちを切り替えようと努力した。

しかし、そう簡単にいかないのが現実だった。

「菱山さん？　もう仕事始まってるから、スマホは仕舞ってね」

「え……」

年齢が離れすぎているせいで、会話が嚙み合わないどころか、異文化交流レベルになってしまうことが多々ある。

今もスマホに残しておいたメモで、昨日までに教わったことを見返していたのだが、たとえ調べ物をしていても「スマホばかり見てないで、ちゃんと話を聞いて」と優しく指導されてしまう。もちろんデスクにパソコンが支給されているのだから、そちらで調べる方がいいのだろう。しかしデスクから離れた場所だと、どう考えてもスマホの方が便利なような気がしてならない。

それでも菱山は、仕方のないことだと諦《あきら》めることにした。世代間ギャップはどの世界でも、どの業界でも、避けて通れない問題だとネットにも書いてあった。

「……すみません、つい」

「まぁ、まだ学生気分が抜けないのも仕方ないよ。あ、そうだった。今日は、採用計画の作成の途中からだよね？」

そんな小嶋は、なんでも記憶と経験に頼るアナログ派だ。ちなみに採用計画の作成に関するレクチャーは、昨日で終わっている。今日からは求人掲載《けいさい》に関する流れを教えてもらうはずだったが、菱山にはそれが言えない。

「あ……はい、お願いします」

書類をPDFで送れば「印刷して」と指導され、オンスケやリスケの意味はもちろん、ブレストもタスクも通じず、むしろ鼻についたらしく嫌な顔をされてしまったことが、配属二週間の菱山を萎縮《いしゅく》させていた。

「それで来年度のHRなんだけど、組開《そかい》の枠組みはもう決まってて――」

そのくせ人事部特有の略語は、説明なく会話に織り交ぜられる。しかもその数が多すぎて、いちいち聞き返していられない。たしか組開は「組織開発」の略だったはず。こんな調子なので話の腰を折ってしまわないよう、菱山はわからなかった略語をすべてメモして、後から様子をうかがいつつ確認しなければならなかった。

「ここまでで、なにか質問ある？」

「あの……ちなみにそれって、マニュアルとかありますか？」

「だめ、だめ。全部、ここに入れておかないと」

悪意のかけらもなく、小嶋は笑顔で自分のこめかみを指さした。何より菱山が困ったのは、この人事部には業務マニュアルらしきものが、ほとんどないことだ。

「あそこにあるかもしれないけど、オレは見たことないから――」

思わず菱山は振り返って、壁際に並んだ灰色の書類棚を見た。

残っている資料は山ほど並べてあるものの、くすんだファイルボックスにラベルを貼って放り込んであるだけ。だから何をするにも小嶋に聞かなければわからず、聞いた話をすべてメモして、自分用にマニュアルを作らなければならない。

「――菱山さん、探してまとめておいてくれる？」

自分にはこういったマニュアル作りや、人事部に蓄積されたノウハウのまとめ作業も期待されていたのだと、あらためて痛感する。

これも新人が十年間入らなかったことを考えれば、仕方のないこと――そんな現実をなんとか受け入れようと努力をしていた菱山にも、気がかりなことがひとつある。

「あの……すみません、小嶋さん」

「なに？」

部屋を出て行こうとした小嶋を、必死の思いで止めた。

「前にお伺いした、リモートの話なんですけど……」

「あー、はいはい。なんのことかわからなかったから、上に聞いてみたよ」

それは入社前に提示されていた、週二日あるというリモートワークの話。菱山が人事部に配属されて二週間経つが、誰ひとり在宅勤務になる様子がないのだ。

「あれ、紛《まぎ》らわしいよね。人事部は『適応外』なんだわ」

「えっ！」

菱山は愕然《がくぜん》とした。

小嶋の話をまとめると「人事は人的交流がすべて」という部長のポリシーからなる、言ってしまえば古き悪《あ》しきローカル・ルールが原因らしかった。

思い出してみれば菱山の採用担当者も、リモートが一般的なこのご時世に、なにかとカフェで面談をしてくれたものだ。就活側からするとあれは嬉《うれ》しかったが、実はそういう内情からだったのであれば、申し訳なかったとさえ思う――しかし皮肉にもその担当者は異動して、すでに人事部にはいない。

「人事は人的交流がすべてだよ、菱山さん」

今では職場で身体接触をしないことが大前提になったにもかかわらず、小嶋は菱山の肩をポンと叩《たた》いて部屋を出て行った。

「そんな……」

入社してたった二週間だが、菱山はどうしても考えざるを得なかった。

配属が想像していた部署とあまりにも違いすぎる、直属の上司と話が合わなすぎる、就労条件が入社前の説明と違いすぎる――これだけあれば、入社直後とはいえ早期離職の理由にならないだろうか。

しかし念願である大手映像系の会社に新卒で入社できた幸運を、入社式から二週間で手放すのはあまりにも惜しい。かといって思い描いていた社会人一年目と、あまりにも違いすぎる。

どれもこれも学生のうちから、さんざん話には聞いていたことばかり。

しかしそれが今まで、いかに他人事《ひとごと》だったか――菱山はあらためて厳しい現実を痛感すると同時に、朝を迎えるたびに憂鬱《ゆううつ》になるのだった。

＊

なんとか菱山は、会社を休まずゴールデンウィークを迎えることができた。

二十二年ほど生きてきた中で、これほど嬉しいと感じた連休はない。

映像本部系の部署は、休日返上のリモートワークや自宅残業と、いわゆる「ゴールデンウィーク進行」で大変だったと聞いた。しかし幸いにも、経営管理本部系の人事部はカレンダー通りだった。二連休のあと、三日出勤したら四連休。中日《なかび》の平日など出社したところで資料作りぐらいしかすることがなかった。なにより気が楽だったのは、小嶋が有給を合わせた九連休で不在だったことかもしれない。

しかしゴールデンウィークが終わってしまうと、菱山は次第に毎日、様々な症状に悩まされるようになった。

「あっ、やばっ！」

これまでずっと、目を閉じれば二秒で寝落ちできることが自慢であり、それこそが疲れを取る一番効果的な方法のはずだった。それなのに布団の中で、二時間も無意味にゴロゴロと眠れない時間をすごすようになっていた。

二時間あれば映画が一本観られると考えると、悔しくてならない。

そもそも疲れているのに眠れない理由が、菱山にはわからない。かといって起きる時間が変わるわけではないので、結果として睡眠時間が五時間を切ってしまう。

観たい映画はレイトショーに出かけてでも観るというポリシーも捨てて、寝るための時間に充てた。もちろん動画配信に降りてきた映画やドラマのシリーズを毎晩観ているわけでもなく、学生の頃のように友だちと遊んでいるわけでもない。観たい「リスト」の数は増えていくばかりだし、友だちとのメッセージのやり取りも減る一方。

そんな菱山がせめてもと自分に許しているのは、コレクションに買った大好きな映画のブルーレイ・ディスクで、お気に入りの名場面だけを数分観て満足することだ。

それなのに寝られない。明日のことを最優先に考えて、好きなことを犠牲にして、なんとか早く寝ようとしているのに睡眠時間が取れない。

それは菱山にとって、大きなストレスだった。

「あぁ、もう――」

そのせいか、社会人生活一か月にして、身だしなみもメイクも最低限度になった。

もちろん顔も洗うし、歯も磨くし、髪にブラシを通して後ろで一本に束ねている。そろそろ暑くなってきたので、デオドラントにも気を遣っている。

しかし職場には仕事に行くのであって、婚活や合コンに行くわけではない。そもそも歳の離れたオジサンたちと、共通の話題が少ない年上の女性社員しかいないのだ。これ以上、身だしなみに気を遣う必要が感じられない。

「――はい。終わり、終わり」

メイクで時間を取られるのは、下地とファンデだけ。目元は捨てたので、グラデシャドウも、アーモンドアイも要らないし、ついでにメンテがめんどくさいのでネイルもやめた。

仕事ができない新人なので、別に「デキる社員」の雰囲気を醸《かも》し出す、キリッとしたパンツスタイルを買いそろえる必要もない。そういう服やメイクに気を遣うのは、来年度の新卒採用が本格的になってからで十分。とりあえず朝は、なんとかいつもの時間に家を出ることが最優先——いつしか菱山は、そう考えるようになっていた。

「……十三分に、間に合うかな」

しかし次の問題は、あれだけ「学生の頃から慣れています」と言っていた電車通勤に表れ始めた。通勤だけで、一日の体力の半分を持って行かれるようになったのだ。

目の前に迫る中年男性の肩に乗ったフケの粉から目を逸《そ》らそうにも、身動きができない。なんとか体の向きを変えられたと思ったら、今度はひどい口臭のスーツ男性が真正面にくる。いくらマスクをしていても、空気の流れは食い止められないので、駅に着くかその男性が降りるまで耐えるしかない。

そうこうしているうちに、後ろの男性の体が当たりすぎているような気がし始める。触られている感じはないが、いくら車内が混雑しているとはいえ、明らかに密着しすぎだと感じることがしばしばある。しかも明らかに電車の揺れとは関係なく、密着させた体を動かしているのはあまりにも不自然だ。

かといってこれを「痴漢です」と声を上げていいものか、菱山にはわからない。そもそも今の菱山には、声を上げる時間も気力もない。そんなことを悶々《もんもん》と考えているうちに、嫌でも駅に着いてしまう。そうなれば、どうやって降りるルートを確保するかの方が問題になる。

「降ります――」

そう声を上げたところで、誰も場所を空けてくれないのだから、菱山も気を遣う必要はない。カバンを盾にグイグイと押して「降りますアピール」をすれば、その一歩が道となることを学んだ。嫌な顔をされようが、軽く舌打ちをされようが、知らない人すべてにまで気を遣えないと割り切れるようになったのだ。

しかし、その代償なのだろうか。会社の最寄り駅で電車を降りる頃になると、菱山は頭痛と嘔気《おうき》に悩まされるようになった。

「ふぅ……」

駅の階段を上って地上の空気を吸うと、無意識にため息が出る。そうすることで少しだけ嘔気は和らいだが、会社に着くとエレベーターに乗る前に、トイレで少し休憩をしなければならなくなっていた。

いつから朝のトイレで、市販の鎮痛剤と胃薬を飲むことが日課になってしまったのか――鏡に映る自分の顔を見ながら、口元に笑みを浮かべる練習をして、菱山は人事部のあるフロアに向かった。

「おはようございます。すみません、遅くなりました」

新人としてギリギリ許される出社時刻は、始業の十五分前。それより遅れると口元だけの笑顔は向けられるものの、挨拶《あいさつ》は返ってこない。なにが辛《つら》いかといって、小嶋も含めた上の人間がほぼ全員、菱山より早く出社していることだった。

「おはよう。昨日のアレ、どうなった？」

「アレ……というのは」

まだデスクにカバンも置いていない、モニターにパスワードも入れていないうちから、小嶋に仕事の話を振られるのは地味に辛い。

人事部のドアを開けた瞬間から、気分は仕事モードに切り替わっているのが、社会人として当たり前だと菱山は思う。しかしお茶を飲んでからとは言わないが、せめてワンクッション置きたいと思うのは、学生気分が抜けていない証拠なのだろうか。

「ごめん、ごめん。歳をとると、すぐに『アレ』とか『コレ』とか言っちゃって」

「いえ……すみません、あたしの方こそ」

とはいえ菱山には、その「アレ」が何のことかまったくわからない。

「あの、ほら、あれだよ。上に出す、会社説明会と採用面接の実施予定案」

「あ――」

ゴールデンウィークが終わると、部署内での「新人お客様扱い」も終わった。

過去の会社説明会と面接の資料を見ながら、今年の予定を立てて提出する雑務が、菱山に回ってきた。毎年だいたい決まった時期に、決まったことを、決まった場所と手順でやっていたらしいので、新人にはちょうどいい事務作業だろう。

しかし時期はなんとか決められたものの、菱山には会場が決められなかった。例年使わせてもらっていた地方の商工会議所が改修のため、今年は使えないからだ。

「――れはですね、商工会議所が」

「困るよね、いきなり改修とか。代わりになりそうな場所、見つかった？」

それを探しておくというだけの簡単な仕事を、菱山は完全に忘れていた。

「それが、その……」

「えっ、なさそうなの？」

「や、たぶん……もっと探せば」

ようやくカバンをデスクに置き、モニターにパスワードを入れようとした菱山は、二度ほど間違えてしまった。あと一回入力を間違えれば、社内ＳＥに連絡してロックを解除してもらわなければならなくなる。

「菱山さん、大丈夫？」

「あ、はい。すみません、まだ慣れなくて」

入社して、一か月がすぎている。そんな嘘にも限界があると思いながら、菱山は慌ててメモを見直しながら入力した。

「大文字と小文字は、区別してね」

「はい……」

この会話だけを切り取ると、配属になった最初の一週間となんら変わりがない。どうしてこの前まで普通にできていたことができなくなるのか、会社のパソコンのパスワードさえ忘れてしまうのか——これではいつまで経っても「見学」気分の抜けない、インターンシップと変わらない。ましてや菱山は動画制作でパソコンやデジタル機器に触れることが多く、同世代より手慣れている自信があった分だけ、自分に対する失望も大きかった。

所詮《しょせん》、菱山彩葉はこの程度の人間だったのかもしれない。

社会に出るまで、それが露呈《ろてい》しなかっただけかもしれない。

そんな動揺で再び頭痛が気になり始めた時、やって来た年配の女性社員から追い打ちをかけられてしまう。

「おはよう、菱山さん。小会議室の鍵《かぎ》、持ってる？」

「鍵……ですか？」

「昨日開けてくれたあと、キーボックスに戻した？　見あたらないんだけど」

菱山の頭は、真っ白になった。

来客があったので会議室を開け、簡単に掃除をして、お茶を出した。そのあと片付けて、鍵は締めた。しかしその鍵をどうしたのか、まったく思い出せない。

「すみません！　えっと、待ってください！」

思い出せないなら、自分の行動パターンから推測するしかない。会社の物であれば、入れておける場所は限られている。だいたいの物は、机の引き出しに入れるように——していたはずなのに、どこを探してもなかった。

「あの、たしか鍵は——」

心臓の拍動が服の上からもバレてしまうのではないかというほど、菱山の顔に血が上る。もしも自分の鍵や財布なら、必ずカバンの内側にあるサイドポケットに入れるはず。まさか自分のものと勘違いして——菱山の紅潮していた顔は、指先に冷たい金属が触れたことで一気に青ざめた。

「——あっ」

「カバンに入れて、持って帰っちゃってたの？」

「す、すみません！　つい、大事なものだと」

「……ちょっといい？」

キーボックスに鍵を戻すからついてきなさいという体《てい》で、菱山は年配の只野《ただの》に手招きされた。挨拶以外で面と向かって話すのは、これが初めてだ。

「すみません。会社の大事な備品を、勝手に持ち出し——」

「いや、それはいいの」

「え……？」

「菱山さん、大丈夫？」

　まさか出社からわずか十分で、このセリフを二度も聞くことになるとは。

「だ、大丈夫ですけど……」

「何か困ってるんじゃない？」

　困っていることは山ほどある。仕事はなにひとつ満足にできないし、日常生活のリズムも破綻《はたん》している。今どれかひとつを挙げろと言われて、すぐにこれですと言えないことが、実は一番困ったことかもしれない。

「たとえば、小嶋さんとか」

　只野は、そっとデスクを振り返った。

「や、別に……よくしてもらってますけど」

「人事部《うち》、新卒が入るのは十年ぶりだって聞いてるでしょ？」

「そうみたいですね」

「どうやって新人と触れあっていいか、みんな完全に忘れちゃってんのよ。何か、ムリなことやらされてない？」

　すっかり怒られるものだとばかり思っていた菱山は、只野に心配されていると知って、危うく涙をこぼすところだった。

「すみません、ご心配をおかけして。あたしが、ぜんぜん仕事が覚えられなくて……

それなのに、やらなきゃいけないことも……いろいろ飛んじゃって」

「謝らなくていいんだけど、本当に困ってることはないの？」

「はい。大丈夫です」

それを聞いて、只野は大きなため息をついた。

「やっぱり、私が指導係をやればよかったんだよ。それなのに小嶋さんが、部長の前でいいカッコしたがるから」

もし直属の上司が只野であれば、今とは状況が変わっていただろうか——そんなタラレバが社会では無意味であることぐらい、菱山にも理解できる。

どのみち年齢が離れているのだから、上司が男性でも女性でも大差ないかもしれない。むしろ同性であることで生じる軋轢《あつれき》もあるし、異性であることで生じる面倒なこともある。そう考えると、実は年齢も関係ないかもしれない。

結局すべて「かもしれない」としか言いようがない——直属の上司として小嶋を紹介された時、菱山はそう覚悟を決めたはずだった。

そんな決意も、たった一か月で完全に揺らいでしまっている。

「只野さん、ありがとうございます」

「何かあったら黙ってないで、私に教えてね」

ひらひらと手を振って去って行く只野を見送ったあと、自らのデスクに戻った菱山を待っていたのは、小嶋からの妙な気遣いだった。

「只野さんに、怒られてたの？」

「や、ぜんぜん。大丈夫かって、心配していただいて」

「そう？　菱山さんの配属を知ってから、なにが気に入らないのか只野さん、オレに突っかかってくることが増えてさ。あの人って仕事はできるけど、下を育てるのには向いてないと思うんだよね」

配属から一か月しか経っていない菱山に、答えられるはずがない。

「菱山さんの前にも、若い女性社員がうちへ異動になったことがあるんだけどさ。その時に指導係をやったのが只野さんなんだけど……その人、辞めちゃったんだよね。異動の二か月後に。だから今回は、オレが指導係を申し出たんだけど――」

そんな話を聞きながら、菱山はとりあえずパソコンと向かい合うことにした。できればこうして会社説明会の会場を探している姿を見て、小嶋にもそろそろ話を切り上げて欲しかった。

もっともこの仕事は、昨日のうちに終わらせておかなければならなかったのだが。

「ん――」

「どうしたの?」

最近どうも、左腕にピリピリとした軽い痺《しび》れ感がつきまとうようになっていた。それは激しい痛みではなかったが、今まで感じたことのない感覚だ。

「なんか最近、ちょっと腕が痺れるっていうか」

「なにそれ。四十肩《しじゅうかた》って歳でもないだろうし」

眠れない、頭痛がする、気持ちが悪い、物忘れが増えた、片方の腕に軽い痺れがある――そんな症状が毎日、次から次へと襲ってくるのだ。さすがに不安になった菱山は、当てはまる病気がないかネットで調べてみた。

しかし調べれば調べるだけ様々な病名が出てきてしまい、逆に「これだ」というものにも辿《たど》り着けない。そもそも症状が「睡眠」と「頭痛」と「お腹」と「記憶」と「腕の痺れ」と、まとまりがないので当たり前かもしれない。そうして何科を受診すればいいかもわからず、菱山の不安は増すばかりだった。

「一度、整形外科には行った方がいいんじゃないかな」

「ありがとうございます。でも、キーボードが打てないわけじゃないですから」

なにより菱山にとって決定的だったのは、どの症状も「出社できないほどではない」ということ。社会人一年生なら、みんな最初はこれぐらい経験するはず――。

それが菱山に受診をためらわせる、一番の理由でもあった。

＊

梅雨に入ると、菱山の体重が減り始めた。

「え……また1kg？」

それ自体は嬉《うれ》しかったが、問題はとくにダイエットをしていないことだ。明らかに食欲が落ち、菱山は甘いものさえ食べたいと思わなくなった。ネットで調べると「理由もなく体重が減るときは癌の可能性がある」とも書いてある。睡眠時間は四、五時間が当たり前となり、毎朝出かける前には市販の頭痛薬を飲む。そして駅を降りて会社に着くと、まずはトイレに入って胃薬を飲むのが習慣となった。

「おはようございます」

「おはよう、菱山さん。ちょっといい？」

カバンをデスクに置く前に、今日は只野から声をかけられた。

来年度の新卒採用の準備が本格的に始まり、加えてキャリアパスの策定、研修の準備に定期面談のセッティングなど、仕事は待ったなしに増えていく。もちろんそのすべてに関わっているわけではなかったが、新人であるが故にあれこれと断片的に雑用を頼まれることが多い。ともかく忘れないよう、ミスのないようにと努力をした結果、菱山のメモ帳は膨れあがり、ついにはポケットに入らなくなっていた。だからといって安易にスマホを使えば、小嶋から優しく指摘されてしまう。

「あ、はい！」

「ごめん、只野さん――」

慌てて駆け寄ろうとした菱山を呼び止めたのは、小嶋だった。

「――ちょっと菱山さんに用事があるんだけど、先にいいかな」

只野は不服そうな顔をしながらも、それ以上は何も言わずに引き下がったが、むしろそれを見た菱山の心拍数が跳ね上がった。小嶋と只野の間にある微妙なパワーバランスが、日を追って露骨になっていたのだ。

小嶋は中途採用で、労務部から人事部へ異動になったらしい。一方で只野は新卒からの入社組だが、人事部での経歴は小嶋より短いという。そんなふたりのどちらが「強い」のか「弱い」のか菱山にはわからなかったが、ともかく何かと意識を――とくに只野の方が小嶋を意識していることは理解できた。どうやらそれが、前回担当した新人が二か月で辞めてから顕著になったのだけは間違いなさそうだった。

「菱山さん。もし勘違いだったら申し訳ないんだけど……体調、悪くない？」

「え……？」

小嶋から出た言葉は、意外にも仕事の話ではなかった。

「長いこと面談とかやってるとさ。なんとなく、そういう雰囲気を察するようになっちゃって」

「……あたしが、ですか？」

「いや、オレの考えすぎだったらいいんだけど。ただこの前、鎮痛薬とか胃薬とか忘れて帰ったでしょ？」

次第にうっかりを超え始めた菱山は、私物をデスクに出したまま帰ってしまうという大失態をしていた。

「あれは、なんていうか……持病っていうか」

「薬を箱ごと持ち歩いてる人、そんなに多くないって」

ピルケースに小分けにすること自体を忘れたことがあってから、菱山はむしろ邪魔になる箱ごと持ち歩くことで、その存在を忘れないようにしていたのだ。

「すみません。お恥ずかしいところを」

「いや、そういうのは気にしないで。それより、こういうのって強要しちゃいけないことなんだけど……今日は半休を取って、病院へ行ってきたらどうかな」

「や。そんな、病院とか」

小嶋は大きく息を吐いて、菱山に椅子を勧めた。

「産業医の先生に診てもらってもいいんだけど、処方ができるわけじゃないし。それにあまり言いたくないけど、うちの産業医の先生、兼業でやってるだけだからね」

菱山には「兼業」の意味が理解できない。

「なんていうか、あれだよ。本業は自分のクリニックがあって、派遣っていうか片手間にうちを診てるって意味。悪く言えば『お飾り』かな」

「そうなんですか」

「もちろん、どこの会社もそういうわけじゃないんだけど――」

小嶋はプリントアウトしたA4用紙を一枚、菱山に差し出した。

「――はい、これ。よかったら今日、行ってみない？」

それは、内科クリニックのホームページだった。

「若い子って、かかりつけ医とかないでしょ？」

「まぁ……病院には、ほとんど行ったことないですけど」

「ここは内科なんだけど、わりとメンタルのことでも診てくれるし」

小嶋の気遣いは嬉しかったが、同時に悲しかった。

最初に退職を考えたのは、入社から二週間目。それから何とかここまでやってこられたと思っていたが、所詮《しょせん》は騙《だま》し騙しだったということかもしれない。その証拠に人事部の百戦錬磨から見れば、すでに「メンタルのこと」がチラついているらしい。

「セクハラになっちゃうから、言えなかったんだけどさ。最近、痩《や》せたんじゃないかなと思ってたんだよ。それって人事の経験上、あまりいい徴候《サイン》じゃないことの方が多くてね」

年齢が離れすぎているせいで、会話が噛《か》み合わないどころか、異文化交流レベルになってしまう——小嶋に対してそう思っていた自分が、菱山は恥ずかしい。たとえ世代が違っていても、きちんと新人を気にかけてくれていたのだ。

「……すみません。ご心配をおかけして」

「午前は、研修場所の確保だけしておいてくれたらいいから。それが終わったら、半休届を書いといてよ。間違っても、病欠届は出さないようにね」

ここまでお膳立《ぜんだ》てされて、意地でも病院に行かないというのも変な話だ。

菱山は小嶋の細やかな気遣いに甘え、勧められたクリニックを受診してみることにしたのだった。

＊

病院らしいお決まりの言葉が、今日はやけに虚《むな》しかった。

「お大事になさってください」

会社からほど近いビルの三階に入っている、小ぎれいなクリニック。半休を取ってあの病院を受診するのも今日で二度目だったが、菱山の気分は晴れなかった。

院長は清潔感のある青いスクラブと、妙なタイミングで浮かべる笑顔が特徴的な、中年の男性医師。説明は丁寧《ていねい》でわかりやすかったし、きちんと話も聞いてくれたし、採血検査もしてくれたので、診察にこれといった不満はない。

しかしその結果を聞かされても、いまひとつ納得できなかった。

「過労って……」

検査結果が出るまでの一週間、とりあえず出された薬を飲んだところで、症状に大きな変化はなかった。鎮痛剤を飲めば頭痛は軽くなったような気はしたが、市販薬との違いはわからなかった。電車で気分が悪くなって吐き気がする時に飲む薬は、多少の効果はあったものの、次の日になれば嘔気《おうき》はまた襲《おそ》ってくる。物忘れは「物忘れ外来」に行った方がいいと言われ、腕の痺《しび》れは「整形外科」に行った方がいいと言われたが、それはネットで調べたことと同じで、問題の解決にはならなかった。

そして試験管のようなものに四本も血を採られて検査をされた結果、一週間後に告げられた診断が過労だったのだ。

最初は黙って結果の説明を聞いていた菱山だったが、途中で思わず首をかしげてしまった。それを見た院長は「風邪《かぜ》が重なっていたのかもしれない」「この検査だけでは調べきれない」「婦人科も受診した方がいい」と、様々な後付けの説明を始めた。

それがさらなる疑問を呼び、菱山の表情にも出てしまったのだろう。院長の「〇〇の可能性も考えられる」という、※印の付いた欄外の注釈のような説明は増えていくばかりで、結局なにが言いたいのかわからなかった。

要はあの院長にも、原因はよくわからないということだ。

「……まぁ、いろいろ疲れてるけど」

はじめて座った通勤路線の電車で、菱山は検査結果の紙をカバンの内ポケットに戻した。小嶋には申し訳なかったが、二度とあのクリニックに行くことはないだろう。肝臓も腎臓《じんぞう》も元気で、甲状腺《こうじょうせん》にも異常がない。ついでに貧血もなければ、糖尿病でもない。とりあえず別の胃薬と鎮痛剤を、また出してもらった。

しかし胃の状態は胃カメラの検査をしなければわからないらしいので、内視鏡の検査ができる消化器内科を受診しなければならない。あの院長の言うことに従うなら、整形外科と婦人科にも行かなければならないだろう。

本当にその必要があるのか――。

どうしても菱山は、その気になれなかった。時間が取れるかどうかという問題もあったが、どうせまた今回のように原因がわからないか、下手をすると「過労」と言われて終わる気がしてならない。

思わずため息をついて腕時計を見ると、時刻は午後四時半。自宅の最寄り駅に着いたあと、駅前に一軒しかないスーパーで久しぶりにゆっくり買い物をして帰っても、五時すぎ。そこから数か月ぶりに自炊をしても、六時までには夕食を摂れる──そんな心のゆとりが生まれたにもかかわらず、めんどくさくてやる気になれない。しかも何が残念かといって、それならば外食をして帰ればいいものを、とくに食べたい物が思い浮かばなかったことだった。

「どうするかな……」

ため息、またひとつ。駅を降りた菱山は、迷いなく流れるように家路につく人たちの中、ひとりだけ取り残されてしまった。

病院を受診したところで、なにひとつ得るものがなかった。いつもより早い時間に帰ることができたのに、食べたい物さえ思いつかない。こんな時こそリストに入れておいた映画を、昔のように家でゆっくり観ればいい。なんだったら、そのまま寝落ちしてもいい。そう思っているのに、それさえ面倒に感じるのはなぜか。

鬱々《うつうつ》とした気分に押しつぶされるのが嫌で、せめてもの気晴らしにと、菱山はいつもとは違う住宅街を抜ける道を通って帰ることにした。

「……ん？」

そんな住宅街の中に紛れ込んだアンティークショップが、今日に限って妙に気になった。いまの会社から内定をもらい、少し不便だがこの町の静かな環境を気に入って引っ越して来てから、すでに三か月が経つ。ここにアンティークショップがあることはなんとなく気づいてはいたものの、今日まで目を惹《ひ》かれたことはない。

しかし陽も傾いて暗くなり始めたこの時刻から、なぜか白衣の男性がカフェのような立て看板を出している姿が、どうしても菱山の脚を引き止めて離さなかった。

「こんばんは」

不意に顔を上げた男性は、まるでご近所の顔見知りのように、菱山に微笑んで会釈してきた。

左右を見ても、人はいない。

この状況は素通りをするのが普通だろうし、愛想よくするにしても会釈を返すだけでいいはず——にもかかわらず、菱山はなぜか挨拶《あいさつ》を返してしまった。

「こ、こんばんは」

それはこの店員が、菱山の好きな男性俳優に雰囲気が似ているということもある。

しかしアンティークショップに白衣姿の店員という違和感、夕方から看板を出し始めるという謎めいた感覚、入口の大きな窓に光る、柔らかく暖かいランプやシャンデリアの別世界感——それらの光景がひとつに合わさった時、菱山の中で失いかけていたものを再び呼び起こしたのだった。

大学時代、自主映画を作るためにこういう光景を探し、ロケハンにあちこちへ出かけたことを思い出す。時には鎌倉《かまくら》がいいと、時には西荻窪《にしおぎくぼ》がいいと、お金はなかったが楽しい時間を仲間たちと共にすごした。あの時は結局、大学の隣駅にあったアンティークショップに頼み込んで協力してもらい、商品まで小道具として無償で貸し出してもらったのだった。

何もかもが、みな懐《なつ》かしい――。

もちろん今は社会人であり、いつまでも学生気分でいられるものではないとわかっている。これが社会に出て生きていくことであり、その代償として誰もが支払わなければならない喪失だと知っている。

しかし湧き上がってくるこの懐かしい感情を、無理やり心の奥に押し戻すことが、今の菱山にはできなかった。

「お仕事の帰りですか？」

そんな菱山に気づいたのか、白衣の男が穏やかな口調で話しかけてきた。

「え……あ、はい」

「お疲れさまです」

押すでも引くでもないその距離感は、やはり「ご近所さんの挨拶」という表現が一番似合うかもしれない。

しかし菱山が足を止め続けた理由は、そんな心地よさだけではない。驚くことにその白衣の胸には「医師　赤崎」というネームプレートが付いていたのだ。

「あの……」

「あ、これですか？」

自称医師の赤崎は、自ら立て看板を見ながら照れくさそうに髪をかき上げた。すぐに察するあたり、言われ慣れているのだろう。なにせそのカフェのような木製の立て看板には「満月クリニック」と書いてあるのだから。

「ここって『満月クリニック』っていう名前の、ショップさんなんですか？」

「いえ。これはアンティークショップの中にある、クリニックの名前です」

「えっ⁉」

クリニックという「コンセプト」の珍しいアンティークショップだとばかり思っていた菱山は、すぐにその状況が理解できない。もしそうだとすると、この白衣の男性はコスプレ店員ではなく、本当に医師だということになる。

「すいません。やっぱり、変ですよね」

「や、変っていうか——」

ありえないと、社会人の菱山は思った。

しかしその内側に眠っていた別の菱山は、何か特別なものを見つけたと感じた。

「——何科なんですか？」

結果、内側に眠っていた菱山が勝ってしまい、自ら話を広げてしまう。悪質な客引きに危うく雑居ビルへ引き込まれそうになった経験が、まったく生かされていない。

「いちおう小児科・内科ですけど……どうされました?」

「あ、いえ。あたしは」

こんな胡散臭《うさんくさ》い商売が現実にあり得るか、一度立ち止まって冷静に考えろと、社会人の菱山は言う。

こんな現実離れした「不思議な隠れ家」を見つけて、黙って見すごす気かと、もうひとりの菱山が言う。

しかし意表を突く「つかみ」を冒頭で観てしまい、住宅街の中で不意に始まった不思議映画から、菱山は目が離せなくなっていた。

「もちろん大した医療の提供はできませんけど、だいたいの相談には乗れるんじゃないかと思ってます——あ、健康相談ですよ? 人生相談とかじゃなく。あと僕、占いとかもできませんので」

「ですよね。小児科・内科ですもんね」

菱山は思わず笑ってしまった。

この感覚を忘れて、どれぐらい経つだろうか。もしかすると、就活を始めて以来——つまり、学生という立場に別れを告げて以来かもしれない。

「どうされたんですか？」

どうせこのまま帰っても眠れない夜をすごし、頭の痛い朝を迎え、嘔気《おうき》をこらえて冷や汗をかきながら電車に乗り、微妙なパワーバランスが支配する職場で振り回される明日が来るだけ。

「実は最近──」

そう考えた菱山は赤崎の穏やかな笑顔に誘われ、気分転換にアンティークショップの奥にあるという不思議な「満月クリニック」を受診してみることにしたのだった。

＊

赤崎はショップの店員ではなく、本当に医師だったことに菱山は驚いた。

「……ここがクリニックだって、信じてもらえました？」

「はい。さすがに、今のお話を聞いたら──」

アンティークショップの奥には、診療スペースが確保してあった。

とはいえ、無垢《むく》材の折り畳みパーティションが立てられているだけ。濃い木目調の英国風を思わせる収納付き書斎机に、バルーンバックに縦縞《たてじま》クッションのアンティークチェアに座る白衣の赤崎の姿があっても、ここがクリニックだとは思えない。おまけに診察ベッドの代わりなのか、フランス風の優美な曲線が愛らしい白いガーリッシュなアイアンベッドが、診察室であることをあえて否定しているようにも見える。

「ホントに、ひどい医局だったんですよ」

菱山の中に居残り続けた「理性的な社会人の菱山」に気づいたのか、赤崎はまず自分のことを話してくれた。この時点で、ここが普通のクリニックではないことを強く物語っている。医者が患者の話を聞く前に、自分のことを話すことはない。これではまるで、菱山が行きつけにしている美容室でのワンシーンだ。

「大学病院の現実って、映画やドラマに出てくるよりハードなんですね」

にわかには信じがたかったが、以前は某大学の附属病院で助教として勤務し、その後は大学の関連病院へ異動となり、赤崎は大学病院の「医局」という組織にずいぶん振り回されたのだという。

「何でもやらされた代わりに、何でも広く浅く知ることはできたんですけど」

「その『ひとり当直』っていうのは、交通事故とかも診るんですか？」

「もちろん、整形外科の先生には連絡しているんですけど……深夜に叩《たた》き起こされて、病院の隣にある官舎《かんしゃ》から救急外来に出てくるまで、どんなに急いでも三十分以上はかかるじゃないですか」

「じゃあ、その間は」

「初期対応は、当直の僕がやらなければならないんです。でも整形の先生はしょっちゅう酒を飲んで寝ちゃうから、なかなか起きてくれなくて。当直当番の日は、骨折や交通事故が運ばれて来ないよう、真剣に祈ってましたよ」

田舎《いなか》の県立病院では、夜間救急外来をひとりの医師が担当する「ひとり当直」というものがあったらしい。マンパワーに乏しく各科に医師がひとりかふたりしかいないため、毎晩365日開けておかなければならない夜間救急外来に、内科、外科、小児科など、個別にその科の医師を配置してしまうと、誰もが毎日当直、みんな翌日そのまま勤務になってしまう。

そこで必然的に、その日の当直当番は「救急外来に運ばれて来る患者は何でもとりあえず診る」というルールになったらしい。手を滑らせて包丁で指を切ってしまったお婆ちゃんから、心臓発作で運ばれて来るお爺《じい》ちゃん、交通事故で運ばれて来るトラックドライバーから、ひきつけを起こした子どもまで、とりあえず最初は当直当番医が引き受ける。それは小児科医でも皮膚科医でも眼科医でも例外なし。そして早急に処置を施さないと命にかかわる場合や、どう判断していいかわからない場合、あるいは自分にはできない手技《しゅぎ》の医療を必要とする場合だけ、必要な科の医師を電話で呼ぶというのだ。

「あ、すいません。僕の話ばかりしちゃって」

「いえいえ。めったに聞けないお話だったので」

「それで、菱山さんの症状というのは？」

ここからようやく診察が始まるようだが、今の菱山にはこれぐらいの雰囲気がちょうどよかった。もしかすると必要だったのは診察ではなく、むしろ雑談だったのではないかと思ってしまうほどだ。

「この春に就職してから——」

菱山は焦らず、ひとつずつ、順を追って症状を説明した。それができたのも、時間を気にせず雑談になってもかまわないという、この「満月クリニック」と赤崎が作り出してくれる、ゆるやかで穏やかな時間のおかげだったのかもしれない。

「——それで今日、病院で結果を聞いてきたんですけど」

「それ、見せてもらっていいです？」

差し出した検査結果用紙に目を通し、赤崎は「まぁ、そうだよね」とつぶやいてすぐに戻した。

「優先順位の高い症状は、菱山さんの『左腕の痺《しび》れ』だと思います」

「……そうなんですか？」

毎日悩まされ続けている頭痛や嘔気よりも、キーボードを打つ時や家でゴロゴロしている時に気になる程度の症状の方が問題だとは思ってもいなかった。

「なにが問題かといって『痺れ』という神経症状があることとなんですよね。痺れる場所は『このあたり』って、指で教えてもらっていいですか？」

菱山は思い出しながら、腕の外側から手のひらの外側を通り、小指と薬指までを指でなぞった。

「やっぱり、そこですか。これ、見てください」

赤崎はタブレットを取り出し、人体の中に張り巡らされた無数の網目を３Ｄモデルで動かしながら、わかりやすく説明してくれた。

「これは、体の中を走っている『神経支配図』です。菱山さんが痺れを感じている場所――腕の外側から手のひらの外側を通り、小指と薬指に辿《たど》り着いている部分は、この『尺骨神経《しゃっこつ》』が支配している場所に一致していませんか？」

「たしかに……」

赤崎が指でなぞった部分には、たしかにその神経が走っているのが見てわかる。

「で。この尺骨神経がどこから出ているかというと」

その出発地点を遡《さかのぼ》っていくと、脇《わき》の下を通り、最終的には――。

「――首ですか？」

「出発地点はそうなります。もちろん途中にある肘《ひじ》や鎖骨付近で通り道が狭くなるので、そっちが締め付けられても腕に痺れは出るんですけど……吊革《つりかわ》につかまる時や腕を上げる時は、痺れたりしないんですよね？」

「はい。キーボードを打っている時ぐらいで」

「腕の外側にも、痺れがあるんですよね？」

「ずっとじゃないですけど……」

「だとすると、首の骨に圧迫されている可能性が高いと思います」

それを聞いた菱山は、無意識に自分の首を触ってしまった。

「最近『ストレート・ネック／ストレート・スパイン』という単語を聞いたことがありませんか？　ニュースなんかでは注目を浴びやすくするために『スマホ首』と表現することもありますけど」

たしかに菱山がネットで調べた時も、その言葉は目にした。人間の首は本来曲がっているはずなのに、まっすぐになったことで起こるものだ。

「スマホやパソコンの操作が日常の一部になってから現れ始めた、ある意味『文明病』と言ってもいいヤツかもしれませんね」

「どうすればいいんでしょうか……」

「実際に首の骨の隙間が狭くなって神経を圧迫しているのか、それ以外の部分でも神経が圧迫されていないか調べるべきですね。待っても良くならないことが多いですし、なるべく早く整形外科でＭＲＩを撮ってもらうべきだと思います」

「……治ります？」

「早期であるほど、治療は簡単です」

赤崎は穏やかな笑みを口元に浮かべたが、その目は真剣そのものだった。

「それって、物忘れにも関係ありますか？」

「ないでしょうね」

即答され、菱山は戸惑った。やはり、原因はひとつではないのだ。

「菱山さんは『ワーキングメモリ』という言葉をご存じですか？」

「パソコンとかの『メモリ』なら知ってますけど」

「や、似たようなもんです――」

赤崎は紙を取り出し、○を四つ書いた。

「たとえば菱山さんが、同時に処理できる仕事の容量＝菱山さんの持っているワーキングメモリの数が、四個だとしましょう。ここで（1）頼まれた仕事をしている時に、（2）電話が鳴ったので出て対応した直後に、（3）伝言を頼まれたのでメモに書いた、という状況は『脳のワーキングメモリが三つ埋まっている状態』と考えます」

そう言って赤崎は四つのマル印のうち、三つにバツ印をつけた。

「脳内タスクって感じですか？」

「そうです、そうです。それの短時間版で、この数には限界がありますし、当然ながら個人差もあります。別に三個同時に処理できる人より、五個処理できる人の方が凄《すご》いってことではないですけどね」

「……そうでしょうか」

「だって、性格《キャラクター》の問題ですから」

何も問題なさそうな顔で説明されると、菱山は安心した。どう考えても自分の同時処理能力は、四つもありそうになかったからだ。

「たとえばすでに三つ埋まったこの状態に、あと二つ作業が加わったとします。するとひとつは処理工程に進めますが、もうひとつは処理できずに止まってしまうか、他のタスクを押し出して無理やり割り込むしかない——つまり、どれか忘れてしまっても不思議のない状態ということです」

マル印にはすべてバツが書き込まれたが、どこにも行き場のないもうひとつのバツ印が、所在なく紙の端に書かれた。

「それが、あたしの物忘れの原因なんですか？」

「僕はそう思いました。もちろん確定ではないですけど、診断って頻度の高いものから考えていくものなんですよ。だから疾患としての健忘《けんぼう》を疑うのは、まだ早いんじゃないかなというのが、僕の第一印象です」

「つまりあたしの脳がキャパオーバーして、脳内タスクから漏れた……と？」

「もちろん、菱山さんに思い当たる節があれば、ですけど」

たしかに小嶋と只野に挟まれ、いろいろな雑務を次から次へとこなしていたことは間違いない。しかしそんな状況は、働いていれば誰にでもあること。それはアルバイトであっても同じはずだが、菱山は学生時代のアルバイトで「ワーキングメモリ」が一杯になって物忘れを頻発した経験はなかった。

「なによりこのワーキングメモリの厄介なところは『物理的な作業』だけで埋まるわけじゃないことなんですよ」

不意に赤崎は姿勢を正し、まっすぐ菱山を見つめた。

「たとえば（1）パートナーや子どものことで悩みを抱えたまま、（2）自分の体調不良が気になりつつ、（3）上司の顔色をうかがいながら、（4）自分の仕事をしているという状態であれば、仕事をひとつしかしていないのに、ワーキングメモリはすでに四つすべて埋まっていることになります」

「な――」

まるで菱山の生活を見ていたかのような喩《たと》え話に、思わず声が出た。

「その時に（5）誰かから用事を頼まれると、そのどれかひとつは処理過程から押し出されたり、漏れ落ちても不思議はない。この場合めんどうなのは、ワーキングメモリから消えやすいのが（4）自分のしている仕事、そして（5）誰かから頼まれた用事だということです。だって生活の悩みや体調や上司の顔色なんて、そう簡単に頭から消えるものじゃないですからね」

あまりにも思い当たる節が多すぎて、菱山は絶句してしまう。

少なくとも自分の体調が気になり、上司の顔色をうかがっていたことは間違いないので、すでにワーキングメモリの二個が埋まった状態で仕事をしていたことになる。それも自分のワーキングメモリが四つあれば、という前提での話だ。

「……たしかに、思い当たる節があります」

こうなると、菱山の動揺は増すばかりだった。

腕の痺れはストレート・ネック、物忘れはワーキングメモリと、予想外の原因が挙げられた。では毎日悩まされている、頭痛と嘔気《おうき》の原因は何なのか。

「それで、菱山さんにお伺いするんですけど。頭痛と嘔気って、休日にも出ます？」

「それは――」

一番聞かれたくないことを直球で聞かれ、菱山はうつむいてしまう。

そんな姿を見て、赤崎は軽くうなずいた。

「ですよね。それで、全部しっくりきました」

なにが菱山を不安にしていたかといって、頭痛も嘔気も休日には出ないことだ。

「――わかってます。怠《なま》け病なんだって」

「え、違いますよ？」

「えっ？」

またもや何も問題なさそうな顔で、赤崎は即答した。その表情に、同情や慰めの色はない。あるのは「正しい知識を持って欲しい」という、切実な願いだった。

「頻度の高いものから考えれば、自律神経のひとつである交感神経が過剰に働いている状態――つまり心身にかかっている負荷＝ストレスが許容範囲を越えて『過緊張《かきんちょう》』の状態が続いている可能性が高いと思います」

「過緊張？」

「言葉の通り、心も体も無意識にずっと緊張している状態です。だから体が『黄色信号』だと教えるために、症状を出してくれているんです」

相変わらず予想もしなかった原因が挙げられたが、すぐには理解できない。それではまるで、菱山の体がよかれと思って頭痛や嘔気を出しているように聞こえる。そもそも自律神経失調は目にすることの多い単語だが、それで頭痛や嘔気が表れるというのも初耳だった。

「自律神経で、頭痛になるんですか？」

「頭痛は緊張型頭痛、嘔気は――とくに症状名はないですけど、わかりやすく言えばストレス性胃炎の親戚《しんせき》で、どちらも体の正しいストレス反応です。その他にも呼吸に症状が出れば過呼吸《かこきゅう》、心臓なら動悸《どうき》や不整脈、腸なら下痢や腹痛、膀胱《ぼうこう》なら頻尿《ひんにょう》。挙げればキリがないっていうか、体はあらゆる形で警鐘《けいしょう》を鳴らしてくれるんです。ただそれに、当の本人が耳を傾ける余裕がないだけで」

穏やかに笑みを浮かべる赤崎を見て、菱山は気づいた。

ストレート・ネックは現代病だとして、頭痛も嘔気も物忘れも、原因はすべてストレスということになるのだ。

「もしかして、夜寝られなくなったのも……」

「明日《あした》はこうなるだろうなって考えたら、頭の中をぐるぐると不安が駆け回るのは仕方ないことですよ。あいつこんなこと言ってくるだろうな、あれをやらなきゃいけないけど失敗するかもしれないな――これから起こると予想はできるけど、実際にはまだ起こっていないことに対して不安になる。これも広い意味では『予期不安』と言えるんじゃないかと、僕は思っています」

「……そんな。じゃあ、どうすれば」

赤崎は両手を組んで、前のめりに菱山を見つめてきた。

「そのうちどれだけがんばっても朝起きられなくなったり、他の症状が増えたりして『赤信号』になってからでは遅いんです。だから、菱山さん。これは『黄色信号』のうちにどうにかした方がいいと思います」

菱山は言葉を失った。

多くの症状を治すためには、ストレスから解放されるしかないということ。

それはつまり――


「――今の会社、辞めろってことですか？」


それには答えず、赤崎は椅子の背にもたれた。これまでの雰囲気とは違い、表情が暗く沈んでいる。

「頭痛、嘔気、不眠に、動悸。ついでに腹痛と下痢で、朝トイレから出てこられない。これって全部、実は僕の話なんです」

「えっ！　赤崎さんが!?」

そこで語られたのは、赤崎自身の体験談だった。

大学病院や関連病院に勤務していた時代、どうやら赤崎は自分の体が出してくれていた「黄色信号」を無視し続けた結果「赤信号」の症状が出現したという。

「でも僕がもうこれ以上、あの病院にいちゃいけないと思った直接の理由は、そんな心身《しんしん》症状のせいじゃないんです。僕、患者さんの検査結果を見落としたんですよ」

「……見落とし？」

「ワーキングメモリのパンクです。幸い他の科の先生が気づいてくれたので、ヒヤリハットで済みましたけど……あれが決定的でした。もうこれ以上、ここで医者をやっちゃダメだな、これ以上続けたら、いつか患者さんが死ぬなって」

そして赤崎は医師としての自信を失い、地域社会での役割が自分には担えないと、完全に心が折れてしまったのだという。

「すいません。どっちが患者だか、わからないような話ばかりしちゃって」

「い、いえ……そんなことはないですけど」

赤崎は大きなため息をついた。

「自分は大学病院での仕事も関連病院での仕事も、できると思ってたし、実際になんとかギリギリやれていたんです。でも『自分にできること』が、必ずしも『自分に向いていること』とは限らないんだなって、あのとき思い知らされました」

視線を床に落とした赤崎は、どう見ても医者らしくなかった。悪く言ってしまえば、ただの弱音を吐いている男だ。

しかしその言葉には、医者以上の重みがあった。

——できることと、向いていること。

その言葉が、菱山の胸を妙にざわつかせた。

憧《あこが》れて入社した会社ではあるが、人事部の仕事はギリギリできているだけで、向いているとは思えない。

もちろん、たった二か月程度で向き不向きがわかるものかと言われれば、返す言葉もない。そもそも今のご時世、希望する大手映像制作会社に新卒で正社員採用されて、夏になる前に退職を考えるのはどうだろうか。よく耳にする「三年がんばれば」という言葉が、いつも以上に脳裏をよぎる。もしかするとこれから先、何年か後には希望する映像本部に異動できるかもしれない。

しかし菱山には、三年後の自分の姿が想像できなかったのだ。

「あっ！　もう、こんな時間だ」

赤崎に言われてはじめて気づいたが、すでに午後六時をすぎている。診察というより話し込んでいた時間は、もうすぐ一時間になろうとしていた。

「すいませんでした。なにひとつ検査もせず、自分の昔話ばかり……こんなの、診察でもなんでもないですよね」

「そんなことないです。ほんと、気にしないでください。なんだかいろいろ、頭の中が整理できたような気がするので」

「もうちょっと、待ってもらえますか？　せめて整形外科への紹介状は、お渡ししておきたいので」

アンティーク机に慌ててノートパソコンを取り出し、赤崎は猛スピードでキーボードを叩《たた》いた。その後ろ姿を眺めていると、不思議と菱山の心は穏やかになっていく。

大学病院で助教となり、その後は関連病院でひとり医長として奮闘していた医師でさえ、自分と同じかそれ以上の症状に悩まされ、そして心が折れて辞めた。それが同期や友人や先輩社員ではなく、世間的には「常に戦う」イメージの強い医師であるということが、菱山の背中を優しく押してくれたような気がしたのだ。

「赤崎さんって……今、楽しいですか？」

「まだよくわかんないですけど、心も体もめちゃくちゃ軽いのは間違いないです」

紹介状を打ち終えた赤崎は、プリンターから出てきた紹介状にハンコを押し、封筒に入れて菱山に差し出した。

「ま、そりゃそうか。患者さんと話をしてるだけですもんね。これ、宛名《あてな》はナシですけど、どこにでも出せる正式なものなので」

赤崎はどこまでも正直な男なのだと、菱山は思った。だからこそ、心が折れるまで働いてしまったのではないだろうか。

だとしたら、自分はどうするべきか——。

「いろいろ、ありがとうございました。あの……お会計は」

「保険証かマイナンバーカード、お持ちですか？」

「あ、すみません。それ、最初に出さないといけないヤツなのに」

「いえいえ。僕が出せって言わなかったので」

差し出した保険証を受け取った赤崎は、その辺の紙に必要事項を控え、診療報酬明細と一緒に戻してくれた。

「えっ⁉」

「計算、間違ってました？　初診料が2910円で、三割負担の社保なので870円で、合ってると思いますけど」

「いや、そうじゃなくて……」

手書きの診療報酬明細にも驚いたが、それ以外の保険診療項目がまったく記載されていないのはどうだろうか。ここへ来る前に受診したクリニックの明細には、様々な「加算」や「管理料」などが、ずらりと並んでいたというのに。

「これ、紹介状の料金も入ってなくないですか？」

「えっ？　あぁ……時間取らせちゃったし、いいです」

どうやら会計の話はこれで終わりというか、赤崎自身がよくわかっていないというか——いずれにせよ、菱山からこれ以上言うことはなくなってしまった。

「それより、菱山さん。このお店の中の商品、どれか気に入りそうな物あります？」

「……はい？」

「オーナーの意向で、初診の患者さんには、どれかひとつ選んで持って帰ってもらうことになってるんです」

この満月クリニックは、どこまでも非日常的で、どこまでもファンタジックだった。菱山の考えるシナリオなら、ここは「相談に乗ったのだから、この八十万円の壺《つぼ》を買え」とキャラクターに言わせるシーンだ。

「……買うんじゃないんですか？」

「や、お金は要らないです。もちろん邪魔になるようだったら、断ってもらっていいんですけど」

どうしたものかと躊躇《ためら》いながら、菱山は少し楽しくなってきた。ここまで非現実的なら、とことん満月クリニックの世界にひたってやろうと思えてきたのだ。

「なら、お言葉に甘えて」

無数に吊《つる》されたランプやシャンデリアと、それらに暖かく照らされたアンティークたち。その中で壁に掛けられていた、一枚の小さな絵が菱山の目に留まった。それは、地味な額縁に入れられた抽象画。ジャクソン・ポロックのようなアクション・ペインティングではなく、パウル・クレーを思わせる水彩の風景画だ。

学生の頃、わけもわからずお洒落《しゃれ》だという理由だけで、狭いアパートに抽象画を飾っていたことを菱山は思い出す。

どうしてあの絵を、引っ越しの時に捨ててしまったのだろうか。

そうすることで、学生気分と決別した気になっていたのだろうか。

それは本当に、必要なことだったのだろうか。

「……これ、いいですか？」

気づけば菱山は、その絵を手にして眺めていた。

何も考えずに見ているだけで、心が穏やかになっていく気がする。

「どうぞ。好きな物を選んでくださいね」

この絵の何に惹《ひ》かれたのか、菱山にはわからない。

ただ、失ったものが戻って来るのではないかと思ったのだった。

＊

梅雨も終わった、とある暑い夏の昼下がり。

菱山はラフな印象のオフィスカジュアル姿で、平日にもかかわらずアンティークショップ「南天　NOSTALGIA」を訪れた。

しかし、そこに赤崎の姿はなかった。

代わりに、きれいに白髪染めをした髪を後ろで一本に束ね、ゆったりとしたスタイルのモノトーンファッションがよく似合う初老の女性が、店のカウンター内に座って本を読んでいる。

「すみません」

「あら。いらっしゃい」

見るからにこのショップの店長らしき女性は、まるで知り合いのように菱山を迎え入れてくれた。穏やかで壁のない雰囲気も含め、赤崎と似ている。

「あの……赤崎さん、いらっしゃいますか？」

「ごめんなさいね。今、寝てる時間なの」

女性店長は、やれやれと軽く首を振った。

「……どこか、具合でも悪いんですか？」

「いえいえ、夜行性なのよ。飼ってるハムスターと一緒ね」

穏やかな表情を浮かべ、店長は少女のように笑った。

恐らく年齢は、菱山の母親と同じぐらいだろう。にもかかわらず、不思議とその笑顔が少女のように見えたのだ。

「満月クリニックって、本当に夜しかやってなかったんですか」

「日中は『敵』が多いんですって。わたしは、夜の方が物騒だと思うんだけど」

どこまでが本当の話か、菱山にはわからない。しかし、少なくとも悪意がないことだけは伝わってきた。

「失礼。わたし、オーナーの福尾と申します。赤崎に、何かご用でしょうか」

かと思えば、必要に応じて穏やかな物腰の初老女性に戻る。変わらないのは、その笑みが常に優しいことだった。

「実は以前、赤崎さんに相談に乗ってもらって――」

菱山は赤崎に言われたとおり、まずは整形外科を受診した。その結果、赤崎の予想通り頸椎《けいつい》にストレート・ネックが見つかったのだった。今では内服と姿勢矯正や自宅でのコルセット使用で、腕の痺《しび》れは改善した。しかし受診が遅れていれば、頸椎椎間《ついかん》板《ばん》ヘルニアとして最終的には手術も考えなければならなかったという。

それだけでなく、自分のワーキングメモリを理解したことで、いま何を引き受けられるか、どれぐらいのことを考える余裕があるか、自分の現状を客観的に見られるようになった。その結果、仕事を頼まれても堂々と「ちょっと待ってください」と言えるようになった。その間に、まずは今やっている作業を終わらせてしまうか、途中で止めるにしても経過をメモに残しておくことで、同時処理からの漏れを最大限に防ぐことができるようになった。そして無意味にワーキングメモリを埋めてしまわないよう、自宅でスマホのニュースや動画を「ながら見」することを止めた。

その代わり好きなハーブティーを淹《い》れ、好きな音楽を聴き、もらった抽象画をぼんやりと眺めることにした。こうして無意識のうちにニュースや動画でワーキングメモリを埋められてしまわないようにすると、自然と眠くなるようにさえなっていた。

「よかったじゃない。うちのクリニック、お役に立ってるのね」

「はい。おかげで、前の会社を辞める決心もつきましたし」

それを聞いた福尾は、何かを察して複雑な表情を浮かべた。

「……退職？　うちの赤崎が、なにか差し出がましいことを言いませんでしたか？」

「あ、違いますよ。赤崎さんはひとことも『会社を辞めた方がいい』とは言われませんでした。逆にご自身が辛《つら》かった時のことを話してくださって」

少し安心したように、福尾は小さく息を吐いた。

「そうですか。それで、転職されたんですか？」

「はい。今度は小さな映像制作会社で、給料も福利厚生も前の職場とは比べものにならないですけど、映像にかかわらせてもらってます」

「その後、体調はいかがですか？」

「頭痛や気持ち悪さが、嘘のように消えました。あたしの体、あの仕事をかなり嫌がってたんでしょうね」

そう言って菱山は笑みをこぼした。実際、心の軽さは比べものにならないほどだ。

「今、楽しいですか？」

新卒採用三か月目にして転職した菱山に対して、言われることは決まっていた。

――大変だったね。

――もう少し、がんばってみればよかったのに。

――また同じような症状が出るんじゃない？

――後悔してない？

だから福尾に笑顔でそう言われたことが、菱山は嬉《うれ》しかった。

そして今なら、自信を持って答えることができる。

「はい。すごく楽しいです」

福尾は、それ以上のことは聞こうとしなかった。つまり、楽しく働けているのが一番だということ――それを母親ほど歳の離れた他人に認められたようで、気づけば菱山の口元にも笑みが浮かんでいた。

「それで今日は、どうされたの？　わたし医者じゃないから、そういう話はできないんだけど」

「あ、違います。今日は、動画制作で使うアンティークの小物を探しに来たついでに、赤崎さんにお礼が言いたくて」

「あら、そうだったの。でも赤崎が起きてくるまで、あと四時間ぐらいあるけど……

ここでお茶でも飲んで待ってるには、ちょっと長いか」

「まさか赤崎さん、ホントに夜しか勤務されてないとは思わなくて」

福尾は苦笑いを浮かべ、誰に向けるでもなくつぶやいた。

「気が小さい、手間がかかる、すみっこが好き、なのに思ったより頭がいい――」

「そういうところも、ハムスターっぽいんですね」

「――そうね。父親の若い頃に、そっくりかも」

「お父さん……？」

窓の外を眺め、笑みを浮かべる福尾。

その瞳《ひとみ》は、何かを慈《いつく》しむような優しい色をしていた。

第三話　誰《た》がためにパパは泣く

小窪亮大《こくぼりょうだい》は、三十三歳のシステムエンジニア《SE》。

仕事は主にクライアントからの依頼で社外に出向き、システム運用や保守などの下流工程を担当するインフラエンジニアだ。

「ママ、いってらっしゃーい」

　しかし今は導入されたばかりの男性育休を思い切って取り、自宅で主夫として生後十か月になる息子の真裕《まひろ》の面倒をみている。

「ごめんね、亮《りょう》くん。大変だったら私、いつでも――」

「ぜんぜん、大丈夫。オレ超楽しんでるから、気にすんなって言ってるだろ？」

「――ありがとう。行ってきます」

「ほら、まーくんも一緒に。いってらっしゃーい」

　真裕の手を取った小窪は、出社のためにリビングを出て行く妻に手を振ったあと、手際よくおむつを替えながらおしりを拭《ふ》いた。

「まーくん。うんちしながら、ママをお見送りするのはダメだろー」

妻の響《ひびき》は、大手自動車メーカーのパーツ製造工場に、労務部の正社員として勤務している。出産後は本人が早期の職場復帰を望んだため、真裕が生後四か月になった時に夫婦で相談して、小窪が男性育休を取ってみることに決めた。

初めは搾乳《さくにゅう》に戸惑った響だったが、新生児集中治療室《NICU》や産科では当たり前のことだと助産師に教えてもらい、その心理的抵抗は薄れていった。

「よし。今日のお昼は、クリームマッシュポテト&ニンジンにしようか」

響が早期に復職した理由は、いろいろある。もちろん本人が、それを希望したこともある。そして福利厚生を含めれば小窪より給料がいいので、家計的にはそれが望ましかったというのも本音だ。

しかし一番の理由は、小窪自身が家事や育児を楽しいと感じていることだった。

「ジャガイモの炭水化物に、牛乳でタンパク質とカルシウムを足して……ただニンジンは熱を加えると、だいたいのビタミンが壊れてβカロテンしか残らないし……かといって好きなカボチャばかり食べさせてると、また手が黄色くなるし……あっ、まーくん。このまえ作った、ささみハンバーグ食べる？　あれ、残ってたはず」

真裕は、言葉を理解して返事をしてくれるわけではない。しかし背中から「んだー」とか「ぶぶー」とかヨダレをまき散らしながら声を出してくれるだけで、小窪は意思疎通ができた気分になって嬉しくなってしまう。

「明日《あした》はそれをキャベツに挟んで、ロールキャベツにしようよ」

今までそれほど料理に興味はなかったが、離乳食作りにハマってしまった。あれこれ食材を組み合わせてすりつぶしたり、くたくたに煮たりする手間自体が楽しい。背負った真裕のヨダレと格闘しながらも、毎日冷凍庫にストックされていく、バラエティ豊かな離乳食の保存パックを眺めるのも楽しい。百円ショップで買って来た仕切りプレートで区分し、理路整然と並んでいるその様子を見ていると、小窪は離乳食作りに妙な「コレクション欲」のようなものを感じるようになっていた。

「あっ——ちょ、まーくん！　のけぞらないで！」

もちろん育児は決して楽ではなく、最も大変なのは夜泣きだった。たとえ睡眠時間を六時間は確保しようと思って早めに寝ても、途中で何度も起こされたのでは熟眠感は得られず、翌朝の疲労はボディー・ブローのように蓄積していく。

しかし小窪は元からショートスリーパーなのか、真裕が泣くとすぐに目が覚め、夜間のおむつ交換も苦ではなかった。おむつを替えても、どんなにあやしても泣き止まない時には、響の胸元に連れて行って授乳させた。そんな姿を見ながら寝落ちしてしまうこともあるが、だいたいは機嫌が直って寝てしまった真裕をベビーベッドに戻すまで、小窪は起きていることが多かった。

強いて辛《つら》いことを挙げるなら、朝起きてから軽い頭痛に悩まされることぐらいだ。

「おなか空《す》いたねー。もうちょっと待っててねー、いま解凍するから」

背中でむずがり始めた真裕をあやしながら、小窪は冷凍庫からフリーザーバッグにストックしておいた、ささみハンバーグを取り出した。真裕がだいたい一回に食べられるぐらいを小分けにしているが、それでも時には食べなかったり、逆に足りなかったりする。そんな時はやわらかく炊いたご飯に、安い時に買い溜《た》めて茹《ゆ》でてフレーク状にしておいたタラを混ぜて即席のおじやにすると、真裕は喜んで食べてくれた。

「はい。いただきーます」

その間、小窪の食事は片手間だ。離乳食に使った食材の残りを中華鍋《なべ》に放り込んでごま油で適当に炒《いた》め、昔からオレンジ色の箱で有名な「麻婆豆腐《マーボーどうふ》の素」を投入すれば完成する「中華風　残り物炒め」が定番だ。食事に対してとくにこだわりもなければ好き嫌いもないので、真裕に離乳食を食べさせる合間や、食べ終わって食器で遊び始めてから数分でかきこんで、小窪の食事は終わる。

そして見守りカメラの設置されたベビーベッドに真裕を寝かせ、洗い物と洗濯物を済ませたら、冷凍庫の離乳食ストックを確認するのが小窪の日課だった。

「あっ！　すりおろしリンゴのストック、あと一個しかないじゃん！　明日は『0《ゼロ》のつく日』だから、駅前のスーパーに行ってみるか」

小窪は手が空くと、だいたいリビングでベビーカーをあれこれいじり始める。市販の抱《だ》っこ紐《ひも》やおんぶ紐まで、自分が使いやすいように「カスタム」することが、いつしか趣味になっていたのだ。

「タオルの位置、もうちょっと手前の方が取り出しやすいか……」

お出かけ必需品の収納は一か所にまとめず、おむつ、お尻拭《しりふ》き、着替え、タオルとバスタオル、ジップ式の汚物入れからゴミ入れ《ダンプ》ポーチまで、それぞれが必要に応じて別々に入れる場所を決めていた。小窪が参考にしたのは、兵士が戦場で身につけている、大小様々なポーチの付いたタクティカル・ベスト。ベビーカーにすべてを取り付けて運ぶには限界があるので、咄嗟《とっさ》に必要な物品などがすぐ取り出せるよう、小窪自身が腰回りや胸元に装備して持ち歩くことにしていた。

そうして真裕を連れて買い物や散歩に出かけるのは、今しかない真裕との瞬間を味わい、思い出を共有しているようで嬉《うれ》しい。

とはいえ家事がひと区切りつけば、さすがの小窪も眠くなる。

「ふぁ――」

何かあってもすぐに反応できるよう、小窪は真裕をベビーベッドから出し、リビングに敷いたお昼寝マットと敷き布団に並んで寝転がり、タオルケットをかけて一緒に寝ることにした。

「エアコンの温度設定、変えておくか」

こうして真裕のお昼寝時間と自分の眠くなる時間が一致していたこともあり、小窪が育児に対して負担を感じることは驚くほど少なかった。

＊

駅前のスーパーでベビーカーを押しながら、小窪はため息をついた。

ため息の理由は野菜がいつまでも高いことや、安い方の挽《ひ》き肉を取ったつもりが誰かが隣の高い方を適当に棚に戻したため、間違って買ってしまったことではない。

ため息が出る一番の理由は、小窪が家事や育児を楽しく感じれば感じるほど、職場に復帰する意欲が失《う》せていくことだった。

真裕を背負ったままセルフレジにバーコードを読み込ませ、マイバッグに重さのバランスを考えながら一品ずつ入れていると、無意識にため息がまたひとつ出た。首筋に垂れた真裕のよだれも、今は拭き取る気にさえなれない。

「……どうすっかな」

その意味は「専業主夫になりたい」ということではなかった。

小窪はシステムエンジニアだが、企業のシステムを専任で担当している「社内SE」ではない。クライアントからの依頼で客先に出向くことがほとんどの、いわゆる社外SEだ。その業務内容はシステムの「保守・監視・運用」を主体とする、インフラエンジニアの中でも下流工程であり、様々なプログラミング言語を駆使して企業の各種システムを設計、構築、開発していくフロントエンドのエンジニアや、バックエンドでも上流工程のエンジニアとは少し違う。

「あ。シール貼ってください」

買ったおむつに購入済みのシールを貼ってもらい、ベビーカーのフックに引っかけて小窪はスーパーを出た。

買い物にはなるべく陽が傾いてから出かけるようにしていたが、それでもかなり暑い。真裕に直射日光が当たらないようベビーカーのシェードを伸ばし、内側に吊《つる》した温湿度計に注意しながら、ゆっくりと押しながら歩道を歩く。

「ねぇ。どうしよっか、まーくん」

社外SEの業務は電話指示やクラウド処理で済むこともあるが、多くの場合はいまだに客先に常駐したり、夜間休日に呼び出されたりするのが当たり前。にもかかわらず、年収は妻の響と同じぐらいで、心身のストレスと疲労は倍以上だった。

そのせいか眠気と注意力が散漫になり、キャリアパスに必要なプログラミング言語の勉強にも集中できず、次第に「働かされている感」が強くなっていた。

そんな時に会社が急に推し進めるようになったのが、流行《はや》りの男性育休だった。

ところがいざ「育休を取れ」と言われても誰も手を挙げず、そもそもちょうどよい年齢の子どもがいる家庭自体が少なかった。そこで白羽の矢が立ったのが小窪であり、最初から乗り気というわけではなかったのだ。

それにもかかわらず、今では育児が楽しくて仕方ない。そんな時にふと脳裏をよぎる、あの職場＝社外常駐と夜間休日関係なしに呼び出される環境に戻った自分を想像すると、嫌で仕方なかった。

そんな小窪が真裕の面倒をみながら、つい考えてしまうのが「転職」だ。

目的は賃金アップではない。

真裕がひとりで立ち、ひとりで歩き、ごはんをスプーンで食べるようになり、言葉を話し出す様子を、つぶさに見ていたかった。

もちろんそれは、働きながらでもできる。

しかしこうして主夫として真裕にかかわって初めて気づいたのは、今までは真裕を「観察」していただけであって「子育て」とは違うのではないかという感覚だ。

もちろん響が出かけたあとに熱を出して、ひとりで真裕を抱えて小児科を受診した時は気が気ではなかった。しかし元気な時の乳児健診や予防接種は、真裕がどんどん元気になっていく未来を想像してワクワクした。それは育児休暇を取って、ずっと面倒をみたからこそ実感できた「親らしさ」だと、小窪は感じていたのだ。

「でも、今より収入が減るのもなぁ……」

もし中小企業の社内ＳＥにでも転職できれば、客先常駐や呼び出しもなくなり、もう少し家にいられる時間が増えるかもしれない。状況によっては、リモートも増えるだろう。そうすれば真裕の面倒をみられるし、キャリアパスに必要な勉強にも集中できる。そうするといずれは、ひとりでなんでもこなせるフルスタック・エンジニアとして、会社のシステム設計や構築に関われるかもしれない。それが小窪の思い描く、理想の未来だった。

しかし転職した企業の規模が小さければ、当然ながら給料も減る——そんなことを考えていると、ポケットのスマホが振動した。

「えっ？　また？」

こんな時間に響が電話をかけてくることは、まずない。

慌ててイヤホン型のヘッドセットを付けて液晶画面を見ると、そこには案の定、上司である「杉山《すぎやま》」の名前が浮かんでいた。

「お疲れさまです」

『あ、小窪くん？　今、ちょっといい？』

両手が空いているとはいえ、話しながら歩くのは不安だ。小窪はベビーカーを見知らぬマンションのエントランス前に入れさせてもらい、日射しを避けて足を止めた。

『六葉《ろくば》会《かい》さんのことなんだけどさ――』

その名前を聞いただけで、小窪の背中を嫌な汗が流れる。

耳鼻科医が理事長を務める医療法人社団六葉会は、耳鼻科を中心としながらも内科、小児科、皮膚科を併設して、東京と千葉を中心に十九ものクリニックを手広く展開する、中堅の広域医療法人。その電子カルテ《電カル》や受付の会計機器《レセコン》の導入をめぐっては、かなり熾烈《しれつ》な納入合戦が繰り広げられたという。

しかしコストばかり気にする理事長のおかげで、メジャーどころのメーカーはことごとく排除された。そして候補に残ったのは、お世辞にも使い勝手がいいとはいえない、インターフェイスだけは見栄えがいいものの、陳腐《ちんぷ》なプログラムが走ることで有名な製品だった。

「どうしました？　処理落ちですか？　ネットワーク・エラーですか？」

『また診療報酬の請求が送信できないって、品川《しながわ》の院長先生がご立腹なんだけどさ。あれ、どうなってんの？　おかしくない？』

医療法人の規模が大きいが故に、そんな安かろう悪かろうの電カルを導入する医療グループは珍しくない。しかし問題は、そんなことではなかった。

普通に考えれば、トラブル対応は「メーカーのSE」が担当するべき案件。しかし急成長を遂げるその新参メーカーは十九のクリニックへ大量納入を果たした後、あろうことか小窪の会社に保守・運用を丸投げしてきたのだった。

「あそこの院長、やたら自分でイジりたがるんですよ」

『えっ、それ系の人なんだ。じゃあ——』

クリニックの院長は「一国一城の主《あるじ》」というのは、医療の世界では今も脈々と続く常識だ。多くの場合は「今すぐ担当を呼べ！」とご立腹なさるだけなのだが、中には「どれどれ、ちょっと私がみてみよう」と、中途半端なノートパソコンレベルの知識でシステムフォルダを開けてしまう医者もいる。それは長く客先に常駐していた小窪だからこそ知り得た、トラブルシューティングの方法でもあった。

「あと、六葉会さん。理事長と各クリニックの院長先生と医療スタッフ《コメディカル》さんたち、めちゃくちゃ仲悪いですよ。とくに品川の看護師さん、オレがいても関係なしで、系列クリニック内での人員応援要請やシフトのことで、キレ散らかしましたから」

『うわ……めんどくせぇ』

「や、オレは同情しちゃいますね。あの人は看護師さんで、事務長じゃないんですよ。それなのにグループ内の人員配置とか、各クリニックから出される応援要請の手配とか、看護師業務とは関係ないこと、理事長からぜんぶ押しつけられてるんです」

『愛人なの？』

「まさか。クリニックの起《た》ち上げからいる、古株さんらしいです」

『それでいくら連絡しても「そういうのはわかりません」とか「院長が不在なので」とか、素っ気ないのか。困ってるのは、そっちなんじゃねぇのって思ってたけど』

「やってらんないって、しょっちゅう言ってましたね。だから品川で押さえておく人は院長先生じゃなくて、看護師の平川《ひらかわ》さんです」

『ありがと、松崎《まつざき》にそう伝えておくよ。それより、小窪くん。そろそろ、どう？　戻って来れない？』

不意に別の嫌な汗が、小窪の背中を流れた。

残念ながら、刻《とき》の限界は目の前に近づいているようだ。

「……あ、はぁ」

男性育休の平均取得日数が四十日前後であるにもかかわらず、小窪はすでに六か月取得している。最長で一年は取れるという話だったが、二か月をすぎた頃から次第に職場からの連絡が増え始め、最初に切迫した話をされたのは「ゴールデンウィーク進行が大変だから戻れないか」という打診だった。

それをなんとか延長してもらったところ、三か月目からはまるで在宅勤務をしているのではないかと思うほど、こういった業務関連の連絡が増えた。時には真裕をおんぶしたまま、リモートで顧客のモニター画面を操作することさえあった。

『え。育休のもらい辞めとか、しないよね』

「や、それはないですけど」

『みんなの夏休みの調整がつかなくて、困っちゃってさ。なんていうか、小窪くん抜きのシフトっていうか、仕事の振り分け？　みんな、わりと限界なんだよね』

　みんな、みんな、と繰り返す――つまり個人の見解ではなく、職場の雰囲気的にもこれ以上の育休取得は不可能ということなのだ。

「今ちょっと、子どものベビーカーを押して家に帰るところなので」

『そうだったの？　早く言ってよ。お子さん、熱中症になっちゃうじゃん』

「すいません」

『じゃあ悪いけど、あとで折り返してもらって、いいかな』

「……え？　あ、はい。それじゃあ、またあとで」

　とりあえず上司の杉山が帰ったあとぐらいの時間を見計らって、折り返してみることにした。

　ようやく電話を切ると、こめかみあたりが締め付けるように痛い。

　ただしこれは、熱中症のせいなどではないだろう。

「まーくん、ごめんな。暑かっただろ？　ジュース飲むか？」

　小窪は小型の携帯保冷ポーチから幼児用りんごジュースの紙パックを取り出し、口を開けて真裕の好きなベビーマグに移して手に持たせた。ベビーマグから器用にジュースが飲めるようになったのは、小窪が育休を取ってからのこと。それだけでも、子どもの成長を間近に見てきたことを小窪は実感する。

そして、ため息またひとつ。

真裕と離れてあの生活に戻るのかと思うと、小窪の頭痛はひどくなる一方だった。

＊

土曜の午後。

仕事から帰ってきてひと区切りした妻の響と真裕と一緒に、真裕の好きな冷たい乳製品をリビングで飲みながら、明日《あした》はどこかへ出かけないかと小窪は提案した。

「ねぇ、亮くん。大丈夫？」

「天気？　熱中症とか？」

響は真裕がこぼした乳製品と口元のよだれを拭《ふ》きながら、真顔になった。

「そうじゃなくて」

そのひとことで、何を言いたいのか小窪は察する。

「……あぁ、職場復帰のことか」

「それもあるけど、違《ちが》くて」

「どういうこと？」

響の表情をこれほど曇らせることが他に何かあるか、小窪には想像がつかない。

「気づいてないと思うけど、最近『いびき』がひどくなってるんだよね」

思ったより普通の話であり、小窪は胸をなでおろした。いびきが大きいのは昔からだが、それはとくに疲れている時に目立つのだ。

「ごめん、夏バテで疲れてるかも。しばらく、リビングのソファーで寝ようか？」

「や、違うんだって。そうじゃなく、なんていうか……このまま息が止まるんじゃないかって思うぐらい、心配な時があってさ」

「え？　前から言ってる、睡眠時なんとかってやつ？」

睡眠時《すいみんじ》無呼吸症候群《むこきゅうしょうこうぐん》——付き合い始めの頃から、小窪のいびきをほとんど気にしたことのなかった響が、最近になってやたらと心配している病気だ。

「ちょっと恐くなって、このまえ息が止まってる時間を計ってみたんだけどね。けっこう基準の十秒ぐらい、止まってる時もあったんだよ」

「そうなの？」

「毎回じゃないんだけど。最近は寝返りもごろごろ激しいし、だいたい何かにうなされてるし」

「……悪い。それじゃあ、うるさくて寝れないよな」

「なに言ってんの？　私のことは、どうでもいいの！」

響が声を荒らげることは、めったにない。つまりそれは、不安を腹の内に抱えておくには限界がきたということだ。

「ねえ。最近、疲れてない？　やっぱり、育児が負担に」

「や、それはないよ――」

コップの乳製品を飲み干し、小窪は強く否定した。

「――ほんと、育児は楽しいんだ。言い方は変かもしれないけど、新しい趣味を見つけたような感じでさ。逆にハマりすぎて、余計なことまでやりすぎてるんじゃないかって思うぐらいで」

その言葉に嘘はない。

小窪を追い詰めているのは、間違っても生後十か月の乳児ではないのだ。

「けどこの前。晩ごはん食べたあと、椅子で寝ちゃってたじゃん」

「あれは、たまたま」

「時々、話してる時もボンヤリしてるよね」

小窪はコップをテーブルに置き、ため息をついた。

「たしかに最近、ちょっと眠いけど。ほんと、育児疲れじゃないんだってば」

「じゃあ、なに？　他に疲れる理由なんて――」

響が眉《まゆ》をひそめた。

「――もう、戻って来いって？」

小窪は視線を床に落とし、ため息をまたついた。

「そう。みんなの夏休みが決められないから、そろそろ出てくれないかって。昨日も買い物してたら、杉山さんから電話があってさ」

「どうせ、リモートワークみたいなことをさせた、ついでにでしょ？」

「そんな、大層なもんじゃないよ。オレが担当してた、めんどくさいクリニックの電カルのことで聞いてきただけだから」

「なにそれ。育休中って、そういうのもナシなんじゃないの？」

「まぁ、そう言うなよ。いきなり六葉会を任された松崎くんも、たまったもんじゃないだろうし」

「今まで全部、亮くんが押しつけられてたのに？　誰も助けてくれなかったのに？」

納得のいかない響は、もっと飲みたがる真裕のよだれかけを取り替え、冷蔵庫からプリンを持って来た。

「そんなこともあって、この後どうしようか考えてたら……なんか、それだけで妙に疲れちゃってさ」

響は小さなプリンを、真裕と半分ずつ食べている。夕飯が近いので、そろそろ止めさせようと小窪が思っていた矢先であり、このあたりの意思疎通も心地よい。

「でもさ。そんなことで、オレのいびきや寝返りがひどくなったり、夜うなされたりすると思うか？」

「けどそれ以外、なにかある？　まさか私、知らずに何かやっちゃってる？」

「や。別に、ないけど」

「うそ。お互い何かやっちゃってたら正直に言い合うって、約束でしょ？」

「だから、ホントにないんだって」

今以上に家事をやって欲しいとも思わないし、今以上に真裕のめんどうをみて欲しいとも思わない。仕事に出ている響はできる限り家のことをやってくれていると、小窪は満足している。

しかし真裕と動画を観ていても、気づけば寝ていることが増えたのは事実だった。お昼寝を始めるのが真裕より早く、真裕より長いことも増えた。心配するので響には言っていなかったが、フライパンで真裕にパンケーキを焼いた後、コンロの火を切るのを忘れたことが一度だけある。幸いフライパンに油をひいていなかったため煙ひとつ上がらず、片付けようとした時に台所が異常な熱気に包まれただけで終わった。

あれは疲れているというより、集中力が欠けていたのだと小窪は思う。

「オレが仕事に戻ったら、真裕は？」

頼れる双方の両親は遠く離れた地方におり、簡単には真裕の面倒を頼めない。

「無認可保育園を渡り歩きながら、認可保育園が空きやすい、九月とか十月を待つしかないよね」

「オレ、真裕は一歳までめんどうみたいんだよ。保育園の入園も一歳をすぎてからの方が、圧倒的に選択肢が増えるし」

「それは、そうだけど……」

「せめてあと二か月、なんとかならないかな。育休って、一年まではいいんだろ？」

「それ、女性でもあんまり聞いたことないけど」

「あっ！」

不意に、小窪が立ち上がった。

「なに？　なんかいい方法、ある？」

「お尻拭《しりふ》き、買い忘れてる！」

急いで出かけようとする小窪を、響が制した。

「もう……座ってて。私が買ってくるから」

「いいよ。仕事から帰ってきたばっかだし」

「いやもう、けっこうくつろいだけど……じゃあ、三人で行く？」

小窪は響と見つめ合い、笑顔を浮かべた。

今の生活に、何の不満もない。

あるとすれば、それは間違いなく、職場に復帰しなければならないことだった。

＊

明らかに、小窪の買い物忘れは増えていた。

この前はお尻拭きを買い忘れ、今日は買い忘れがないようにと用意した、買い物リストを書いたメモ自体を忘れてしまった。

「……やっぱこれ、疲れてるだけじゃない気がする」

ベビーカーを押しながら、夕涼みの散歩を兼ねての買い物帰り。慌ただしく帰路につく自転車と車を避けるため、小窪は静かな住宅街を抜ける回り道を選んだ。将来のことも考えながら眺めると、様々な戸建ての群れも見え方が変わってくる。

都内の一戸建てに憧《あこが》れはある。

しかし今はもう、三十年の住宅ローンを安易に組める時代ではないと、小窪は考えていた。正社員と年功序列が生活の基本であった時代でもあるまいし、今は非正規やフリーランス、副業が当たり前なのだ。そもそも分譲住宅の価格自体が上がり続け、その煽《あお》りを受けた賃貸物件の家賃も値上がりが目立つのだ。おまけに人件費と資材の高騰で、予定されていた修繕費《しゅうぜんひ》の見積りが上がっている。小窪が住んでいるアパートも、次の契約更新では家賃の値上がりが予想されていた。

「一戸建てか……ん？」

そんな憧れの家々の中に、無数のランプやシャンデリアが暖かく灯《とも》る、アンティークショップがまぎれ込んでいることに気づいた。この道は何度か通ったことはあるが、目をとめたのは今日が初めてだ。

「こんばんは」

左右を見ても、誰もいない。

こんな陽が沈む時刻から、アンティークショップらしからぬ「満月クリニック」と書かれた、カフェのような手書きの立て看板を準備し始めていたこの男。しかもそれが制服なのか、これまた到底アンティークショップらしからぬ白衣姿で、小窪に声をかけてきたのだ。

いくら笑顔が爽《さわ》やかでも、何ともいえない違和感がある。

とはいえ手を振ってくれているのは、小窪に向かってではない。ベビーカーの真裕に向かってなのだ。少なくとも、あいさつぐらいは返さなければならないだろう。

「あ……こ、こんばんは」

「これぐらいの時間の方が、お子さんのお散歩にはいいかもしれませんね」

白衣の男は、まるでご近所さんのように会話を続ける。

「そう、ですね――」

考えてみれば、小窪には「ママ友」がいない。

公園やスーパーでいつも顔を合わせる母子は何組かいるが、会釈をする程度にしていた。いくらお互い主夫と主婦とはいえ、やはりそこは男女。妙な噂を立てられるのも嫌だったので、小窪はあえて距離を置くようにしていた。

「――早朝もいいんですけど、それだとお店が開いてなくて」

会釈を返して、通りすぎるだけでよかった。

それなのに、いつも以上に言葉を返してしまったのはなぜだろうか。もしかすると相手が男性だということで、無意識に小窪の心理的ハードルが下がっていたのかもしれない。

「こんばんはー。お名前は？」

白衣の男は店の準備もそこそこに、ベビーカーの前までやってくると、真裕の目の前にしゃがみ込んだ。

「真裕です」

「真裕くーん。もうちょっとで『ひとり歩き』できそうだねー」

その第一声が「可愛いですね」でもなければ「何歳ですか」でもないことに、小窪は驚いた。機嫌の取り方といい、不用意に触ろうとしないことといい、この男はやたらと子どもに慣れている。しかも「よちよち歩き」ができるようになるのは、おおよそ一歳からだと育児書には書いてある。ということはこのアンティークショップの店員は、真裕がその手前の月齢――乳児期後期であることを、一目で見抜いたのだ。

「……お子さん、おられるんですか？」

「いえいえ、僕は結婚もしていません。まぁ、できそうにないっていうのが、正直なところですかね」

苦笑いを浮かべて、白衣男は立ち上がった。その胸元には「医師　赤崎」と書かれたネームプレートがある。

「えっ!?　お医者さん……ですか？」

「あ、そうなんですよ。やっぱり、そうは見えないですよね」

赤崎は照れくさそうに髪をかき上げた。

「いや、見える見えないっていうか……だって、ここは」

「アンティークショップですけど、その奥にクリニックがあるんです」

「は？」

そんな組み合わせがあり得るのか、小窪の脳は一瞬フリーズした。

本屋とカフェ、家電量販店と衣料品量販店など、異業種のコラボ店舗はよく見かけるようになった。しかしそれらの間には必然性というか、相補関係というか、ある程度は理解できる意図が存在する。

では、アンティークショップの奥にクリニックを併設した理由は何か——そんな理解不能で不審なコラボを前にして口をついて出てきた言葉に、小窪自身が驚いた。

「満月クリニックって……何科なんですか？」

不審さより、興味の方が勝ってしまった。それはこの赤崎という男の絶妙な距離感というか、身に纏《まと》う心のハードルの低さのせいかもしれない。

「小児科・内科ですけど、僕自身は小児科医です」

「あぁ、それで」

小窪は納得したが、赤崎は首をかしげている。

「いえ。さっき真裕を見てすぐに『もうちょっとでひとり歩き』って、おっしゃったじゃないですか」

「……でしたっけ。これぐらいの子を見ると、乳児健診のクセが抜けなくて」

「見てすぐ、わかるものなんですか？」

「真裕くんだと、そうですね……身長は70㎝ぐらいで、体重は……10㎏はなさそう……9㎏？　カウプ指数だと、18ぐらいです？」

その指数は簡単にいうと「身長に対する体重の割合＝肉付き」であり、乳幼児の発育状態を評価するもの。驚くことにそれも含めて身長と体重も、つい先日の9―10か月健診の結果とほぼ一致していた。つまり真裕がベビーカーに乗ったままの状態で、赤崎はそれを見抜いてしまったということだ。

「すごい……当たりです」

「ははっ、慣れですかね。あまり本格的な医療は提供できませんけど、何か真裕くんのことで心配なことがあれば、お話ぐらいはいくらでも聞かせてもらいますけど」

「そんな、いくらでもって」

「や。毎日、わりとヒマなんですよ」

物を売りつけてくる様子は、まったくない。小窪は正直なところ、ご近所さんのような雰囲気を醸し出す赤崎と、ムダ話がしてみたかった。

なにせ、相手は医師だ。病院の診察室以外で雑談をすることなど、まずあり得ない。そのうえ赤崎は小児科医だ。もしも知り合いに小児科医がいて、何でも聞けるなら――今まさに、そんな激レアの状況なのだ。

しかし小窪が抱えている問題は、小児医療でも育児相談でもなく、男性育休と保育園の問題だ。いくら赤崎の気さくな雰囲気のおかげで、気晴らしに育児話ができたとしても、根本的な解決方法を見つけられるとは思えない。

かといって、このチャンスをムダにするのはあり得ない。

「オレの相談とかでも、いいんですかね」

「もちろんです。ただ成人の場合、勉強不足で専門的なことにはお答えできないことがありますけど……」

「そんな、たいそうな話じゃないんです。ただ最近、眠気のせいなのか疲れのせいなのか、注意力が散漫で。何かよく効く、先生オススメのドリンク剤ってあります？」

「注意力散漫？　どの程度の不注意や物忘れがありました？」

不意に赤崎の目が医師のそれに変わり、店先での立ち話は、すっかり病院での「問診」の雰囲気になってしまった。

「まぁ、お尻拭《しりふ》きとかの買い忘れレベルなんですけどね」

小窪がそのあたりをぼかして伝えたのは、無意識だったのかもしれない。

「眠気以外にも、何か気になる症状がないですか？」

「え？　いや、症状といっても」

「なんでもいいですよ。眠気や疲れだけで注意力散漫ならいいんですけど、他の症状があるなら、ちょっと話は別なので」

「……そうなんですか？」

次第に小窪は不安になってきた。

思い出すのは、響の言っていたことだ。

「なんか、妻が言うには――」

せっかくなので「響を安心させてやろう」と思い、小窪は正直にすべてを話した。ここで医師から「大丈夫です」とお墨付きをもらえれば、響も夜中に起きて余計な心配をしなくて済む。

「そうすると小窪さんには以前から、いびきと朝の軽い頭痛があったところへ、最近では強い眠気と物忘れが加わってきたんですね？」

「そんなに強い、っていうほどではないんですけど……まぁ、眠いですね」

「それで奥さんは、睡眠時無呼吸症候群が心配だと」

「気にしすぎだと思うんですけど」

赤崎は小首を傾げたまま、数秒ほど止まった。

「申し訳ないですけど、奥の診察室で、一か所だけ診せてもらっていいですか？」

「えっ、診察ですか！　検査とかです⁉」

どうやら赤崎にとって、これは立ち話で済まされないものらしかった。

「いえいえ。ほんとによくある普通の診察なので、椅子に座ったままで大丈夫です。一瞬で終わりますから、お時間も取らせません」

「いや、時間はいいんですけど……」

不意に出た自分の受診話にも驚いたが、小窪が気にしているのはそんなことではなかった。

ここに限らず、真裕を連れて店に入るのは、百円ショップでも恐い。少しでも目を離すと商品に手を伸ばして引っぱり倒すどころか、その棚にある物すべてをなぎ倒してしまわないか、不安で仕方ないのだ。

「お子さんのことなら、大丈夫ですよ。小物を置かないゾーンを作りましたので、そこを通って、奥の診察室まで来てもらえるようにしてありますので」

小窪の心配は、すでに見透かされていた。どうやら小児科医である赤崎にとって、それぐらいは当たり前のことらしい。そういう細かい気配りが、赤崎に対するハードルをさらに下げていく。

「……じゃあ」

ついに小窪は赤崎の熱意に負け、アンティークショップの奥にあるという謎の「満月クリニック」へと、足を踏み入れることにしたのだった。

＊

不思議と真裕はぐずりもせず、ベビーカーから周囲のアンティークを眺めている。

生後十か月の乳児でさえ、手も出さず見入ってしまうことがあるのかもしれない。

「どうぞ。こちらです」

店内に所狭しと並んでいる大小様々なアンティーク商品を見ながら、ベビー用品の対極にあるものだと小窪は感じた。

ベビー用品はタフで、機能優先でなければならない。軽量な素材で角がなく、かじったり口に入れたりすることを前提に作られているため「温《ぬく》もり」という感覚からは遠い。もちろん木のおもちゃも多くあるが、それはもう少し年齢が上がり、よだれが減って何でも口に入れる心配がなくなってからの話だろう。

逆にアンティークのよさは、機能とは無縁の懐古的な優美さと、強く触れれば壊れてしまう儚《はかな》さかもしれない。しかしその分、メンテナンスは大変だ。それは小物のアクセサリーから大物家具にいたるまで共通しており、基本的には「使いっぱなし」というわけにはいかないものがほとんど。それでもアンティークが持つ独特の温もりが、見る者の心を惹《ひ》きつけるのではないだろうか。

「あっ！」

そんなことを考えながら診察ブースの円椅子に座った小窪だが、不意に大事なことを思い出した。

「どうされました？」

真裕の保険証と乳幼児医療証は、どんな時でも常に忘れず持ち歩いている。しかしまさか、買い物帰りに自分が受診するとは思ってもいなかったのだ。

「オレ今、保険証もマイナカードも持ってないんです」

「あ、そうですか」

赤崎はまったく気にしていないが、患者側の小窪はそうもいかない。

いくらクリニックらしくないとはいえ、ここは病院で、相手は医師だ。自費診療だと全額負担になるが、それがどれぐらいになるのか——そもそも病院には「料金表」がないので、普通の病院でも会計の時は不安になってしまうというのに。

「すいません。ここまで来ておいてアレなんですけど、また日をあらためて」

「じゃあ、これはどうでしょう。お茶でも飲みながら、お話ししませんか？　そのついでに、一か所だけ診せてもらうということで」

「……はい？」

小窪には意味がわからなかったが、少なくとも真裕は笑って機嫌がよかった。

「つまり、アンティークショップの奥で話をしている相手が『たまたま医者だった』ということにしてはどうです？　それなら、保険証とかも要らないですし」

なぜ初対面の赤崎が、ここまで親切にしてくれるのかわからない。

しかし世《よ》の中とは、親切すぎる裏側には何か潜んでいるのが当たり前だ。こんな人の好さそうな赤崎でさえ、実は高額なアンティーク商品を買うまでこの店から出さない、悪徳商法グループの一員かもしれない。いつの間にか入口に鍵《かぎ》がかけられた挙げ句にシャッターまで下ろされ、気づけば奥から出てきた強面《こわもて》のそれらしい人たちに、真裕のベビーカーごと囲まれてしまうかもしれない。

「いや、さすがにそれは申し訳ないので」

そんな小窪の妄想《もうそう》をよそに、赤崎は中国茶器で琥珀《こはく》色のお茶を淹《い》れ始めていた。気づけばあたりには、ふんわりと甘い花の香りのような、芳醇《ほうじゅん》で豊かな優しい香りが漂い始める。

なにより、なぜかここに来てからずっと機嫌のいい、真裕の笑顔――それが小窪の不安をかき消してくれる、一番の理由だった。

「真裕くーん。りんごジュース、好き？」

そしてどこからともなく、乳児用のりんごジュースの紙パックを差し出してくれたことが、赤崎に対する印象を決定づけていた。

「あの……失礼ですけど、なんでここまで」

「診察させて欲しいと言ったのは、僕の方なので」

「それにしても……」

赤崎が手にしている茶器のセットも、店の商品ではないだろうか。格子の入った木製の台に載せられた、真っ白な磁器の急須《きゅうす》と、繊細な模様の入った茶杯《ちゃはい》。そのひとつを受け取りながら、小窪は赤崎の真意を知りたかった。

「小窪さん、たとえばですけど――」

赤崎は茶杯の香りを楽しみ、ひと息に傾けた。

「――僕が小窪さんから聞いて感じたことを黙ってやりすごしても、僕は何も困りません。でも小窪さんは、たぶん困ると思うんです。これ、癌だったら許されます？」

「えっ！　オレ、癌なんですか⁉」

小窪は、危うくお茶を吹き出すところだった。しかしそんな大声にもかかわらず、不思議と真裕はキャッキャと機嫌がいい。

「いえいえ、たとえばの話です。癌なら見すごせない、貧血なら見すごせない、骨折なら見すごせない。じゃあ、巻き爪は？　いびきは？　買い物忘れは？」

小窪にも、病院を受診した時に似たような経験があった。

足の爪の形が少し反っていたので、何か栄養の問題でもあるのかと聞いてみたのだが、医者の顔には明らかに「今それ関係ある？」と書いてあった。そして生返事だけされて、電子カルテから視線が戻ってくることはなかった。

たしかに、爪のことを内科で聞いた小窪も悪かったかもしれない。

しかし赤崎の言いたいことは、そんなことではなかった。

「医者って、どこまで見すごしていいのかなって、ずっと引っかかってたんです」

「見すごす？　見逃さない、じゃなくて？」

「僕は昔、それで大失敗したことがあるんです。気づいてたのに忙しいからって、些《さ》細《さい》なことだし気のせいかもしれないレベルだし、診る科も違うからって……患者さんに『疑わしい』とも『かもしれない』とも伝えなくて……それで結局、発見が遅れたことがあったんです」

「じゃあ、赤崎さんの予想は当たってたってことですか」

「幸い、命にかかわることにはならなかったですけど……気づいた時に言えよ、って話ですよ。そしたら開腹手術ではなく、内視鏡手術で済んだかもしれないのに」

大きなため息をついたあと、赤崎は作り笑顔を浮かべて茶杯を置いた。

「すいません。こんなこと、愚痴るつもりじゃなかったんですけど――」

これほど気弱で繊細な医者を、小窪は知らない。医者はいつも正しく、強く、毅《き》然《ぜん》としていて威圧的で、常に患者より「上の立場の人種」だと思っていた。

しかし、医者も人間なのだ。

医師国家試験の科目に「人間としての強さ」がない限り、赤崎のような医者がいても不思議はない。もっといえば「人間としての優しさ」も「人としての言葉遣い」も、試験科目にはないだろう。

それはすべて医師免許を取得したあと、個人の意思で取得するものかもしれない。

「――それで、小窪さん」

「あ、はい！」

小窪は我に返って、茶杯を台に戻した。

もう少し赤崎の昔話を聞いていたかったが、また今度来れば聞けるだろうか――そんなことさえ、小窪は期待してしまう。

「少し血圧が高いと言われたことがないですか？」

「血圧ですか？」

小窪がひとことも口にしていない血圧の話を、赤崎はいきなり聞いてきた。

たしかに会社の健診で、年齢の割に血圧が高い「境界域」にあると指摘されたことはある。しかし体形的にも肥満やメタボリックシンドロームがないので、内服治療するほどではないと言われていた。

やはり赤崎は何かに気づき、見すごしてはいけないと思ったから、立ち話ではなく奥のクリニックに小窪を呼び入れたのだ。

「あと頭痛って、寝起きに多いんでしたよね」

「はい。日中は別に、片頭痛《へんずつう》って感じはないです」

「……頭痛は朝だけ、ですか。ちなみに『いびき』ですけど、子どもの頃から『大人みたいないびき』をかくって言われたことないですか？」

「うちの親からは、うるさいって言われましたね。そのおかげで、早く自分の部屋をもらえたんですけど」

「疲れとか眠気とかとはちょっと違うレベルで、逆らえないような眠気を感じたことってないです？　極端に言うと、ごはんを食べたあと、そのまま食卓の椅子で寝ちゃったりとか」

「え……いや、それは」

まさにこの前、響に指摘されたことだ。

赤崎は、小窪の曖昧《あいまい》な返事を見逃さなかった。

「あります？」

「ま、まぁ……あの時は、かなり疲れてて」

「話の途中で意識が飛ぶというか、相手を目の前にしているのに、ボンヤリして聞いていなかったってことは？」

まるで響との会話を知っていたかのような質問に、小窪は唖然《あぜん》とする。ここまで矢継ぎ早に質問されたことにすべて当てはまるとしたら、もしかすると——。

「あ、赤崎さん……それって、何かヤバい病気なんですか？」

赤崎は固く口を結び、何度か小さくうなずいて納得しているようだった。

「僕が最初に言った『簡単な診察』ですけど、診せてもらっていいです？」

「もちろんです。どうすれば？」

「簡単です。口を大きく開けてください」

「……はい？」

「病院で、よくやるじゃないですか。『はい、大きく口を開けて。あーっ、と声を出して』ってヤツです」

赤崎は小さなペンライトを構え、前かがみになって待っている。

「あれだけですか？」

「あれだけです。あ、舌を押さえる舌圧子《ぜつあつし》は使いませんから」

気を抜くと歯ブラシでさえ「えずいて」しまうので、小窪にはありがたい。

「じゃあ、小窪さん。大きな口で『あーっ』と声を出して」

その間、わずか数秒——赤崎はペンライトを消し、椅子に座り直した。

「ありがとうございました。やっぱり小窪さん、口蓋扁桃《こうがいへんとう》の肥大がありますね」

「扁桃……扁桃腺の病気ってことですか？」

「いえ、それ自体は病気ではないんですけど——」

どうやら小窪の口蓋扁桃、いわゆる舌の奥で両側に見える通称「扁桃腺」は、常に両側Ⅱ度からⅢ度の「肥大」の状態にあるらしいのだ。

口蓋扁桃の通常サイズは、喉《のど》の奥に両側から少し見えるか見えないか程度の大きさだという。しかし小窪の口蓋扁桃は左右とも、もう少しで口蓋垂《のどちんこ》に触れるほどせり出しているらしい。

「それ、ひどいんですか？」

「ちょっと、スマホで撮ってお見せしましょう」

あらためて自分の喉の奥を隅々まではっきりと見せられた小窪だが、いまひとつ実感がわかない。

「……みんな、こんなモンだと思ってましたけど」

たしかに子どもの頃から、小児科で扁桃腺が大きめだと言われ続けていたが、それで高熱を出したり日常生活に困ったりすることはなかった。

「もちろん年齢によって見え方もサイズも違いますし、風邪をひくと大きくなります。それでも、僕のを見てもらえればわかると思いますが――」

小窪は人生で初めて、他人と「扁桃腺比べ」をした。

「――どうです？」

簡単に言うと赤崎の喉の奥には舌と口蓋垂しかなく、通過を妨げるものがない空洞だった。しかしスマホで撮ってもらった小窪の喉は、両側からの落石が喉の奥で通り道を塞《ふさ》いでいるようにさえ見える。その差は、素人にも明らかだ。

「僕が小窪さんに疑っていたのは、口蓋扁桃肥大に伴う閉塞性呼吸障害《へいそくせいこきゅうしょうがい》のひとつ、睡眠時無呼吸症候群です」

「えっ！」

響はずいぶん前から、すでに赤崎と同じことを心配していたのだ。

「小窪さんの場合、とくに肥満というわけではないところが、気づきにくい理由だったのかもしれません」

「赤崎さん。オレ、夜の育児とかぜんぜん平気だったんで『ショートスリーパー』だと思ってたんですよ」

「あぁ、あれですか。なんか皆さん憧《あこが》れるみたいですけど……たぶん真裕くんが寝返りをうっただけで、起きちゃいませんでした？」

「です、です。ぜんぜん苦じゃなかったんです。だから、てっきり」

「推測ですけど。睡眠時無呼吸症候群による『呼吸休止』と『夜間中途覚醒《ちゅうとかくせい》』による可能性が高いんじゃないかなと思いまして」

「……ちょっと、オレにはわからないですけど」

「僕がとくに引っかかったのは、浅い睡眠が続くことによって慢性の疲労と眠気が出てしまい、それが寝起きの頭痛や集中力の低下と注意力散漫につながったんじゃないかってことです。睡眠時無呼吸症候群だと仮定したら、理由のわからない高血圧も含めて、ひとつの疾患ですべて説明がつきますから」

つまり小窪が日頃から少しずつ感じていた不快感と不調は、気の持ちようでも怠慢でもなかったということ。下手をするとキャリアパスに必要な勉強に身が入らなかったことすら、すべて歴《れっき》とした疾患の「症状」だった可能性があるのだ。

「これ、当てはまります？　エプワース眠気尺度《ESS》ですけど」

赤崎はアンティーク調の書斎机から、一枚のA４用紙を取り出した。そこに書かれている項目を「ほとんど寝る＝３」「しばしば寝る＝２」「たまに寝る＝１」「ほとんど眠らない＝０」のスコアで評価するらしい。

・座って読書中
・テレビを観ている時
・会議や劇場などで積極的に発言をせずに座っている時
・乗客として一時間続けて車に乗っている時
・午後に横になった時
・座って人と話をしている時
・アルコールを飲まずに昼食を食べた後、静かに座っている時
・自動車を運転中に信号や交通渋滞で数分間止まった時

スコア
0〜4　日中の眠気は少ない
5〜10　日中の軽度の眠気あり
11以上　日中の強い眠気あり

軽く11を超えてしまった小窪は、かなり焦った。

「オレ、睡眠時無呼吸症候群なんですね⁉」

「や。これはあくまで問診ですから、眠気の評価だけです。診断は『終夜睡眠《しゅうやすいみん》ポリグラフ検査』という、睡眠中の脳波、鼻呼吸、気道の通気性、心電図、肋骨《ろっこつ》の動き、お腹の動き、脚の動きを同時に記録して、それで初めて診断がつきます」

「なんか、難しそうな検査ですね……」

「いえいえ。小窪さんは病院に一泊して、寝てるだけでいいんです」

「あ、そうなんですか？」

「問題は診断がついたそのあと、どうするかですよ」

赤崎が言うには、このまま放置していても決してよくなることはなく、いつか日常生活に致命的な支障が出る――たとえば不注意からの失火や、事故を起こすかもしれないらしい。

「失火……」

その言葉を聞いて、小窪の背筋を嫌な汗が流れた。

なにせもうすでに、それは経験済みなのだから。

「火事は最悪ですよ。その家族のこれまでを何もかも焼き尽くすだけでなく、周囲の人たちも巻き込みますからね」

「……ですよね」

「ニュースでも、たまに見ません？　電車やバスなんかの公共交通機関で、睡眠時無呼吸症候群が原因で事故につながったっていう話」

「事故も、人を巻き込みますもんね」

小窪は小さくため息をついた。

これは自分だけの問題ではない。響や真裕を巻き込み、ついには他人をも巻き込んでしまうかもしれないのだ。

「この『扁桃』ってやつは、喉の診察からは見えないさらに奥に、咽頭《いんとう》扁桃＝アデノイドっていうのがあるんですよ。それも一緒になって呼吸を邪魔していないか、耳鼻科と呼吸器内科を持つ総合病院が開設している『睡眠外来』を紹介受診することをオススメします」

「治療って、どうなるんですか？」

「ひと晩に起こる睡眠時無呼吸の程度や頻度、無呼吸が起こる原因、肥満や生活習慣の違いにもよりますけど、対症療法として有名なのは経鼻的持続陽圧呼吸《CPAP》療法ですね。マスクのようなものを鼻に当てたまま、顔に固定して寝ます」

「あ、なんかテレビで観たことあります」

どうしても心配する響に勧められ、実際に使っている人が寝ている様子を観たことがあったが、気になって寝られる気がしなかった。

「あとはマウスピースをつけて寝るだけで済むような人もいますが、どちらも基本的には根治療法ではありません」

「じゃあ根本的には、やっぱり……」

「閉塞性呼吸障害による無呼吸だと診断が確定した場合、呼吸の通り道を邪魔しているものを摘出する『手術』になることが多いです」

最初に赤崎が言ったように、問題は診断がついてからの治療だった。

これから大きな病院を受診して、一泊とはいえ入院して検査を受け、診断、それから治療——しかも、手術をしなければならない。それは明日にでも会社への復帰を催促されている小窪にとって、真裕の保育園問題より難しいことだった。

「……なんで、こんな時に限って」

「なにか、悪いことでも重なったんですか？」

頭を抱えて、小窪はため息をついた。

「今、育休を取ってるんですよ」

「いいことですね。それがもっと、許される風潮になればいいんですけど」

「でも、転職も考えてて――」

初対面のうえに医師でもある赤崎に、今度は小窪が愚痴を吐く。もちろんその内容は、医学的なものではない。どこからどう見ても、アンティークショップの奥でお茶を飲みながら、男ふたりが井戸端会議をしているだけ。

だが満月クリニックでは、それでよかった。

「小窪さん。これって、なるべくしてなった『流れ』じゃないです？」

「流れ……？」

「だっていろんなエピソードが、一本の道筋でつながっているじゃないですか」

赤崎の言葉が、小窪の中でゆっくりと形になり始めた。

急に変わった会社の方針がきっかけで取った、男性育児休暇。そこから触れることのなかった家事や育児と向かい合ったことで、意外な自分の性格を知ることができた。それをきっかけに、これからの人生をどう送りたいか考えるようになり、今では転職まで考えるようになった。

赤崎の言う通り、それはひとつの流れとなっている。

「……たしかにオレ、そういう流れに乗っているのかもしれませんね」

そして乗り気になれない職場復帰を迫られている今、なぜか日頃は寄ることのないアンティークショップに入り、あり得ない状況で医者とお茶を飲みながら、世間話の延長線のように睡眠時無呼吸症候群の可能性を指摘された。

今は元の職場に戻っておらず、新しい職場にも転職していない、まさに「境目」にいるのだ。そんな狙い澄ましたようなこのタイミングを「流れ」と言わずして、何と言えばいいだろうか――小窪は不意に、珍しくいつまでもおとなしい真裕を見た。


「まーくん。これは、まーくんがくれたチャンスなのか?」


真裕はベビーカーで、すやすやと眠っていた。

「すいません、小窪さん。時間は取らせないって言ったのに」

「いえいえ、とんでもないです。こちらこそ、いろいろ教えてもらって」

小窪は大きく息を吐くと、赤崎に礼を言って椅子を立った。

その顔には、どこか清々《すがすが》しささえ感じる。

「一度、ご夫婦でゆっくり相談してみてください。また来てもらったら、紹介状はいつでも書きますから」

「今日は本当に、何から何まで、ありがとうございました」

「あっ、また忘れるところだった――」

ベビーカーに手をかけて店を後にしようとする小窪を、赤崎が呼び止めた。

「――何か好きなアンティークをひとつ、選んでもらえます？」

「え……？」

小窪には、その意味がわからない。やはりここは、最後の最後に高額なアンティークを買わなければ店から出してもらえない、悪徳商法の店だったのだろうか。

「あの、申し訳ないんですけど……ちょっと今、持ち合わせがなくて」

「や、お金は要りません。オーナーの意向なので、初診の患者さんには、邪魔にならなければそうしてもらってます」

「どういう意味なんです？」

「……僕にもわかりません」

まさかそう返って来るとは思っていなかった小窪は、思わず笑ってしまった。

「いいんですか？　そんな調子で、オーナーさんに怒られたりしません？　だいたいオレ、受診っていう形になってなかった気がするんですけど」

「あ、そうか――」

今さら気づいたように天井を仰いだあと、赤崎は開き直った。

「――でもせっかく知り合ったんですし、そういう意味で、いいんじゃないです？」

その顔に浮かんだ笑みは、まるで友だちのようだった。

小窪は社会人になってから、同僚も含めて「友だち」と呼べる人間はできなかった。

それが大人になることだと、当たり前の人間関係だと、今日まで思っていた。

それなのに医師である赤崎からそれを感じられたことは、小窪にとって驚きであると同時に、とても嬉《うれ》しいことだった。

「じゃあ、せっかくなので記念に」

そんな小窪の目に留まったのは、豪華な高級ジュエリー入れを思わせる、ベルベットの張られた箱だった。開かれたそこに並べられているのは、銀のスプーンとフォークのペアが二組。その柄には精緻《せいち》な柄が浮き彫りにされ、シャンデリアに照らされてくすみひとつなく輝いていた。

「こんな高そうなやつでも、いいんですか？」

小窪が思い浮かべたのは、妻である響の顔。思い出したのは、真裕が生まれる前は結婚記念日に必ず行っていた、思い出のフレンチレストランだった。

「どうぞ、どうぞ。奥さんとおそろいで……真裕くんの分は、どうします？」

「ははっ。それはまーくんが、ちゃんとスプーンとフォークで、ご飯が食べられるようになってからにします」

小窪が銀細工のスプーンとフォークを選んだのは、偶然ではなかったかもしれない。なぜなら銀食器は磨くという「メンテナンス」を怠ると、すぐに黒くくすんでしまう。その半面、手をかけて磨き続ければ、いつまでもその輝きを失うことはない。

それはまるで保守・監視・運用を主体とするインフラエンジニアである、小窪そのものを表しているようなアンティークでもあった。

＊

満月クリニックから帰ると、少し不安そうな顔で響が玄関まで出てきた。

「お帰り。大丈夫だった？　その、怪しそうなクリニック」

「あ、ごめん。先生と話し込んで、途中で返信するの止めちゃったからね」

「高額な商品の契約書にサインするまで、出してもらえないかと思ったじゃない」

「なんで、オレと同じこと考えてんのよ」

小窪が真裕を抱き上げると、響はベビーカーの車輪や足回りを拭《ふ》いてたたみ、廊下に引き上げた。

「で？　結局、何の話してたの？」

「オレの話」

「亮くんの？」

真裕をベビーベッドに寝かせると、小窪はリビングのテーブルで響と向き合った。

「響。オレ、考えたんだけどさ——」

心のわだかまりを作らないよう、小窪と響は常に何でも話し合い、腹の内を隠したまま生活しないようにしていた。

夫婦の危機的で致命的な大爆発は、日頃の些細《ささい》な不平不満が長年にわたって積み重なることで起こる。ひとつのできごとが一発で破滅の引き金になることもあるが、多くの場合は「いちいち理由は挙げられないが、もう限界」となるのだ。

「——家事や育児は楽しいんだけど、専業主夫になるために、キャリアを捨てる気にはまだなれないんだよね」

だから給料は下がるかもしれないが、家庭と仕事が両立できるような転職を考えており、これを機に真裕と響のためにも睡眠外来を受診して、きちんと治療してから人生の次のステップに進みたいと伝えた。

「やっぱり、睡眠時無呼吸症候群だったんだ」

「いや、もちろん検査を受けて、診断がついてからの話なんだけど……転職の話は、気にならないわけ？」

「え、別に。だって今の会社、どっちかっていうとブラック寄りじゃない？　転職を考えるのは当たり前だし、なんだったら私の方から言おうかと思ってたぐらいで」

「男性育休を採り入れたのに？」

「ダメ、ダメ。そういう目先のエサに釣られちゃ、ダメだって」

「エサって。言い方」

「それに亮くんのスキルなら、どこでもやっていけるよ」

「いやぁ……それ、買いかぶりすぎじゃないか？」

「そんなことより、私はすごく安心したなぁ。だってこれからどうすればいいか、具体的にわかったわけじゃない？」

すべてを話した小窪は、大きく息を吐いて電気ケトルで湯を沸かした。

「だね。お茶、飲む？」

「ありがと」

響に手渡した湯飲みが、ゆったりと湯気を揺らす。

「響も、何かあるんじゃない？」

「え、気づいてたの？」

「なんとなく」

「言ってよ」

「いや。まだ、まとまってないのかなと思って」

「やっぱ、隠せないんだね。実は最近――」

逆に響は家事も育児も決して嫌いではないが、今の正直な気持ちを言うと、仕事の方が楽しいと打ち明けた。

どうやら職場で主任への昇格話が出ているらしく、壁は高いと思いながらも社会保険労務士の資格にも挑戦したいと思っていたという。

しかしその半面、自分は「母親に向いていない女」なのだと情けなく感じ、小窪に大きな負い目を感じていたという。

「向いてないって、それは言いすぎじゃない？」

「でも、他の人の話を聞くとさ。何ていうか……みんなもっと『お母さん、お母さん』してるんだよね」

「なにそれ。新しい幼児番組？」

「もう、茶化さないでよ。真剣に悩んでるんだから」

小窪は湯飲みを傾け、湯気にむせないよう慎重にお茶を飲んだ。

「育休を取ってみて思ったんだけどさ。オレらのどちらが『100％父親役』で、どちらが『100％母親役』かって、キッチリ線引きして考える必要なくない？」

「……どういうこと？」

家事や育児に関与する割合は男女で決まっているものではなく、こうあるべきだという固定概念自体が古く、男性育休という社会的風潮がそれを表しているのではないかと、小窪は思った。

「たとえばオレは『母親役70%』で『父親役30%』、逆に響は『母親役30%』で『父親役70%』って感じ。その割合って各家庭によって違っていいと思うし、うちも状況が変われば来月にでも、その割合が変わっていいと思うんだよ」

「なんか、理系っぽいよね」

「いやオレ、いちおう理系だって」

「私はその意見、好きかも」

家事、育児、仕事、収入など、役割分担の割合に正解はない。

それぞれの家庭で、それぞれの形があっていいのだ。

「それより、響。明日《あした》、お弁当に」

「え、待って。また新しい離乳食を考えたの？」

「絶対ご飯に合うから、食べてみてよ」

「嫌だって言っても、どこかにこっそり入れてるじゃん」

そしていつものように、ふたりで笑い合って話は終わり。

これが小窪と響の、いつもの在り方だった。

＊

暦《こよみ》では初秋を迎えたが、相変わらず猛暑は続いた。


「赤崎さん、こんばんは」

陽が沈む時間が早くなったとはいえ、まだ暑い。そんな中、満月クリニックの看板を出していた赤崎に、小窪はベビーカーを押しながら声をかけた。

「あ、小窪さん。今日は、リモートの日でしたっけ」

「そうなんですよ。だから定時で上がって、散歩がてらの買い物に」

小窪は転職したのではなく、社内で部署異動になっていた。

腹をくくって退職願を提出したところ、会社から小窪の社外SEとしての業務を評価され、社内業務部署である「IT基盤部」に異動してはどうかと引き止めの提案をされたのだという。

基盤系SEの仕事は、アプリケーションを動かす基盤部分を開発することであり、小窪がインフラエンジニアとして築いてきた運用やトラブル対応の経験も生きてくるらしい。プロジェクトごとのシステムの根幹を支える仕事であり、それは小窪にとってやり甲斐《がい》と将来性のある部署であると同時に、高い水準のスキルの取得を目指せる場所でもあった。そのうえリモートワークも多く、働き方としてはまさに小窪の求めるライフスタイルに近かった。

「どうです？　眠気とか頭痛は」

「思い切って取って、正解でしたよ。なんか、世界線が違う気さえします」

　そのために小窪は、職場復帰の前に赤崎に紹介状を書いてもらい、睡眠外来を受診していた。

　検査の結果、診断は「閉塞《へいそく》性睡眠時無呼吸症候群」で間違いなかった。しかも睡眠一時間あたりの無呼吸と、低呼吸——呼吸による換気の低下、酸素飽和度の低下、覚醒《かくせい》してしまう状態——の合計回数による評価＝無呼吸低呼吸指数《AHI》は30以上であり、重症に分類された。

「勇気が要りますよね。手術って」

　小窪に提案されたのは、口蓋扁桃《こうがいへんとう》と咽頭扁桃《いんとうへんとう》を切除する根治術だ。もちろん経鼻的持続陽圧呼吸療法やマウスピースも選択できたが、小窪は将来を見据えて手術を選んだのだった。

「でも、日中の眠気も注意力散漫もなくなりましたし、集中力も上がって新しい部署での仕事は順調です」

「小窪さんのスペックが、元々高かったんですよ」

「それって、何かアンティークを買っていけってことですか？」

「まさか。僕、満月クリニックのスタッフなんですから」

「ははっ、冗談ですよ。実はオレ、新しいプログラミング言語の勉強をしているんですけどね——」

なにより小窪は、近所に似たような年齢の同性で、しかも医師の「友だち」ができたようで嬉《うれ》しかった。だから真裕の散歩ルートには、必ず「満月クリニック」を入れることにしていた。

「いいなぁ。小窪さんが羨《うらや》ましい」

「なに言ってるんですか。赤崎さん、お医者さんじゃないですか。オレなんかより、ぜんぜん」

「お金が稼げる資格を持ってるだけです。それが贅沢《ぜいたく》な考えだとも、わかってるんです……でも、いつも隣の芝生が青く輝いて見えるんです」

お金が人生の九割を救ってくれると、小窪は思っている。

だが残りの一割は、どうやってもお金で買えないことを知っているつもりだった。

「……僕もあの時、もっと早く病院を辞めてれば、何か違ってたのかな」

思わずため息を漏らした赤崎を見て、小窪はベビーカーの向きを変えた。

「赤崎さん。さっき駅前のスーパーで買ってきたバームクーヘンがあるんですけど、食べませんか？」

「えっ？　いや、それは小窪さんと真裕くんの」

「大丈夫ですよ。お徳用パックなんで」

その意図を理解した赤崎は、照れくさそうに髪をかき上げた。

「じゃあ、僕はお茶を淹《い》れますけど……奥さんは」

「メッセージ送っときました」

「……怒ってません？」

「まさか。その『男子会』に交ぜろって、いつもうるさいぐらいです」

小窪は恩返しとばかりに、アンティークショップの奥で赤崎の愚痴を聞いてやる。

これが、満月クリニックの日常――。

あり得ないほど非日常的な、一日の始まりなのだった。

第四話　成功と不健康

ようやく灼熱《しゃくねつ》の夏がすぎ、少しだけ秋の気配を感じるようになった。

しかし五十一歳の男性作家である田瀬《たせ》慶《けい》にとっては、いつもと何も変わりのない一日が始まるだけだ。

「……まだ、起きなくていいか」

四十五歳の遅咲きでデビューしてから六年──田瀬は自らの生活を「太陽に支配されないひとり暮らし」と名付けて、ずいぶん気に入っていた。

これこそが、人生の折り返し地点をすぎてようやく手に入れた自由。

これこそが、豊かさの象徴だ。

「あっ、くそ。なんだ、こいつ。いっつも、嫌なコメントばっか残して」

取りあえず目が覚めたらベッドに横たわったまま、気づけばゴロゴロと三時間ほどスマホでSNSをスクロールしていることが多い。暇さえあればエゴサをして、続刊を出せずに単巻で打ち切りになったことを嘆き、他の作家の作品がアニメ化したと知っては嫉妬《しっと》し、心ないレビューをわざわざ漁《あさ》りに行っては憤慨《ふんがい》して愚痴《ぐち》をこぼす。

昼型とも夜型ともいえない不規則な生活を繰り返し、睡眠時間も六時間から十八時間まで様々だ。編集部にサイン本でも書きに出かけない限り、陽の高いうちに起きる理由がないのだ。

田瀬に、兄弟姉妹はいない。そのうえ母親は田瀬が十六歳の時に家を出て行き、父親も二十年前に実家の風呂場《ふろば》で、大腸からの出血が原因で急死した。それをきっかけに、面倒だった双方の親戚《しんせき》との付き合いをすべて絶ち、今は連絡先も教えていない。だから仕事関係以外で、田瀬に電話やメッセージが届くことはない。

例外は、仲のいい作家仲間ふたりだけだ。

そのせいか「誰かと生活すること」自体が、田瀬には想像がつかなかった。それが年間行事や曜日の感覚、果ては時間の感覚さえ失わせている理由かもしれない。

「……ハラ減ったから、起きるか」

陽の傾き始めた2LDKのアパートで、田瀬はようやくベッドから体を起こした。

しかし神経質な性格のおかげで、室内は妙に清潔だ。一週間に一回はベッドのマットレスを立てて乾燥させ、荷重が偏って歪《ゆが》まないように向きを変えている。死ぬほど虫が嫌いなので、ゴキブリの巣にならないよう、段ボールはまとめて縛った上でゴミ袋に密閉している。そして資源ゴミの日には目覚ましをふたつかけて、意地でも起きて捨てる。自炊はまったくしないが水は一日5Lほど飲むので、この日を逃せば空のペットボトルで、部屋が大変なことになってしまうのだ。

「あー、野菜ジュースがなくなる」

キッチンのストッカーをチラ見しながら、田瀬は冷蔵庫から牛乳を取り出した。

健康には気を遣っているという、妙な自信がある。だから起きて最初の食事セットは、プロテインの牛乳割り、野菜ジュース、そしてビタミンのサプリと決めていた。

「……プロテインの味、替えるかな」

台所でコップを洗ったら、その後は全力のフルスイングでラジオ体操をして、ほんのり汗をかく。ラジオ体操というと鼻で笑われることが多かったが、あれを真剣にやれば柔軟体操ではなく、三分間の軽いフィットネスになることを知る者は、意外に少ない。そこへ「つま先立ちスクワット」三十回を四セットと「立ち腹筋」六十回を追加。ついでに最近は興味本位でボクササイズの「ワン・ツー ジャブ・ストレート」を、動画を観ながらその気になって三分ほどやっている。

だが少し汗をかいただけでもシャワーを浴びるほど、田瀬はキレイ好きだった。

「さて、と」

最近は何をやるにも「かけ声」が出てしまうが、気にしないことにしている。

バスタオルで髪を乾かしながらデスクに座り、寝ている間に届いた担当編集からのメールに目を通し、時には打ち合わせを電話で数時間行い、長年続けているソシャゲをいじり、またSNSを流し見しながら、気づけば仕事がシームレスに始まる。

しかし最近は歳のせいか、同業作家や漫画家など、クリエイターの病死や自死の投稿が気になって仕方ない。

「え、まじ？『掘りごたつ』さん、アニメ化したばっかだったのに……」

だからといって、区から届く無料健診を受ける気にはなれなかった。身長175㎝、体重103㎏。体形としては赤シャツを着た黄色いクマさんキャラクターに近いため、いろいろ健康面は気になる。しかし「症状がないのだから、むしろ知らない方がいいのでは？」と、健診を受ける気になれないのだ。

「……アニメ化しても、死んじゃあな」

そんな田瀬の作家デビューは「ライトノベル」の新人賞であり、「一般小説／一般文芸」や「純文学」などの小説は書いたことがない。しかも出版不況と可処分時間の奪い合いに負け、ライトノベルの人気は衰退していた。

やがてコミックの収益性の良さから、田瀬は「ライトノベルを一冊書く」より、最初から「コミックの原作」を書くことが増えていった。今では漫画の原作を二本、スマホというデバイスに特化した、縦スクロールで読む新しい漫画のスタイル「タテマンガ」の原作を二本と、計四本の連載を抱えている。

しかし最近、小説として出した新作のライトノベル二作が、どちらも単巻で打ち切りになってしまった。おかげでずいぶん荒《すさ》んだ気持ちのまま数か月すごしたことを思い出しながら、田瀬は担当編集からのメールを開いた。

「うっそ！　一気に十話まで公開する気なの!?」

内容は想定外だった。新連載の漫画は最初の三話まで無料開放、次の七話までを課金開放、完成している残りの十話までの三話分をストックして連載を進めるという話だったはず。それなのにこれでは、いきなりギリギリの進行になってしまう。

「どうすんの、これ。ト書きとセリフだけなら、いけるかもしれないけど——」

時計を見ると、時刻は午後六時をすぎている。

「——ハラ減ったし、散歩でもしながら考えるか」

外に出てみると、ようやく秋と呼べる気温になっていた。

この町は基本的に静かな住宅街だが、まったく飲食店がないわけではない。

田瀬の行きつけは駅前に一軒だけある、チェーン店の居酒屋だ。他にも個人経営の小さな居酒屋はあるが、店主に顔を覚えられたり、常連と呼ばれる人たちに声をかけられたりするのが、田瀬は苦痛でたまらなかった。

「らっしゃいませー。一名様ですかー？」

この、マニュアル通りの接客がいいのだ。

いつものカウンター席に座り、田瀬は取りあえずメニューに目を通した。酒は飲めないのでソフトドリンクだが、合わせようと考えたのは「たことサーモンのカルパッチョ」「から揚げ」「キムチ鍋《なべ》」に「ご飯」だ。

「すいません。コーラと――」

こうして一日を終えるどころか、田瀬の一日はこれから始まるのだった。

*

ちょっといいことを言うキャラを登場させた田瀬は、偉人の言葉からヒントを得ようと、ネットをうろうろしていた。

「ん？　而立《じりつ》の三十歳？」

学識や道徳観も確立して、世に立つ自信を得る年齢――それが三十歳だとネットには書いてあるが、田瀬は自分のことを思い出して眉《まゆ》をひそめた。

「……そうか？」

大学を中退した後、田瀬は地元の町工場に就職したが、強烈な「コレジャナイ感」に耐えられなくなってすぐに辞めた。

一見すると口数が少なく穏やかな田瀬は、人当たりもよさそうに見える。

しかし実際は、強烈な人見知りを笑顔で誤魔化しているだけ。黙って傾聴《けいちょう》しているように見えるが、何も言い返せずフリーズしているだけのことが多い。もちろん、他人とコミュニケーションを取ることが何より苦手だ。

友だちや個人の付き合いができるようになるまで、優に数年はかかる不器用な性格――そんな田瀬にとって、人間関係ありきの町工場は苦痛でしかなかった。

「まぁ、あれは二十代の頃か」

悩んだ末、田瀬はシナリオの専門学校へ入学することにした。

本当は漫画家を目指したいところだったが、どうがんばっても絵が描ける気がしない。そこで漫画を小説にしたようなライトノベルの作家や、ゲームのシナリオライターを目指すことにした。そうすれば少なくとも、町工場で繰り広げられた中年たちの、濃密な人間関係の荒波に飲み込まれるようなことはないと思ったのだ。

やがて専門学校を卒業した田瀬は、無事にゲームスタジオに就職できたものの、無情にもその会社は二年で破綻《はたん》。ゲームのどこにも名前をクレジットされることなく、解雇となった。

「あれだけシナリオを出したのに、ひとつも通らなかったな……」

その後、田瀬は仕方なく居酒屋チェーン店のバイトに就いた。

しかしそこでも穏やかで人当たりのいい、コミュニケーション能力の高い人間だと勘違いされ、二年後には繰り上がりで雇われ店長になってしまう。

新橋《しんばし》と品川の荒れる店舗を歴任し、毎晩酔っ払いに「かかってこいよ、手を出したら慰謝料《いしゃりょう》請求だからな」と胸を突き出して挑発される、やさぐれた生活の繰り返し――やがて心身共に疲れ果て、勇気を振り絞って辞めたのが三十二歳だ。

「……あれが、而立の三十歳？　いやいや、ないない」

腕組みをして椅子の背もたれを揺らしても、ろくなことを思い出せなかった。

その後に勤めた広告リサーチのバイトでは、最初の面接から「正社員の登用は絶対にない」と念を押された。それでもかまわないと思ったのは、求人内容に「電話対応なし」とあったからだが、当然のように仕事はデータ入力だけでは済まなかった。

それでも粛々《しゅくしゅく》と仕事をこなした田瀬だったが、六年在籍したにもかかわらず、明言通り正社員への登用のないまま、事業縮小で解雇された。

「けどあれ、バイトのひとりは正社員に登用されたんだよな。電話対応の差なのか、社長のご機嫌を取れなかったからなのか――」

気づけば三十八歳となった田瀬の「而立の三十歳」は終わろうとしていた。

次にアパレル系の配送業務委託を受けていた会社で、契約社員として働き始めた田瀬だが、ここではお局様に目をつけられてしまう。

お局様のお気に入り女性社員が出した報告書はすんなり通るが、その女性社員から書き方を指導されて提出した田瀬の報告書は「小学生みたいな文章だから直して」と突き返される始末。四十歳を目の前にひかえて、これから未来永劫《みらいえいごう》、集団の中では決して赤いシャツを着た黄色いクマさんのようには愛されないだろう——その時、田瀬は悟ったのだ。

「……あれは、どうやったらご機嫌を取れたんだよ」

キャラの名言を探しているうちにフラッシュバックが止まらなくなり、田瀬はペットボトルの水をがぶ飲みして気を静めた。調べ始めてから、十五分に一回はトイレに行っている。まるで嫌な過去を水に流すかのように、トイレから出てきた田瀬は、洗った手をペーパータオルで拭《ふ》いた。

「あ。ペーパータオルも、注文しとかないと」

そんな田瀬だが、シナリオの専門学校に在籍していた時には、アニメのシナリオコンクールで大賞を受賞したことがあった。それがきっかけで、ゲーム会社に就職できたのだ。それなのに「小学生みたいな文章」と言われたことが、皮肉にも田瀬に新たな道——ライトノベルの新人賞への応募という道を選ばせた。

それから気づけば七年。新人賞を受賞できたのは、四十五歳の時だった。

「……で、四十歳は？」

ネットには『不惑の四十歳』と書いてあった。自分の生きてきた道に自信を持ち、あれこれ迷わなくなるという意味らしい。

たただけだし」

「いや、めちゃくちゃ迷ったし。だいたい受賞したところで、スタートラインに立っ

実際、田瀬の受賞作は二巻で打ち切りになった。

しかも一巻の刷り部数は一万部だったが、二巻は驚愕《きょうがく》の三千部。これでは全国の書店に行き渡るはずもなく、最初から売る気がないのだと田瀬は感じた。

それ以前に、当時の文庫の単価はおおよそ七百円前後で、印税率が10％。ということは、ざっくり計算すると七十万円＋二十一万円となり、二巻分でも百万円に届かない。重版などかかるはずもなく、それがその年の作家年収になってしまった。

「続刊が出せることも大事だけど……やっぱり、重版しないとなぁ」

これではまずいと様々な企画を出し続けた田瀬だが、担当編集者は人の気持ちがまったく理解できない、意思疎通するためには長文のメールを何往復もしなければならない人だった。提出した企画は何か月も待たされた挙げ句、忘れられてしまう――それがこの業界では当たり前なのだと、新人の田瀬は思っていた。

しかし二代目の担当編集者が、そうではないことを教えてくれた。意思疎通もスムーズで、アイデア出しもしてくれる。人生四十六年目にして、田瀬は人を信じることを覚えたのだった。

加えて幸いにも、ライトノベルのジャンルは書き下ろし企画作品よりも「WEBプ

ラットホームに投稿された人気作品の出版」が主流になりつつあった。数か月もすれば流行《はや》り廃《すた》りの変わっていくWEB小説の世界ではあったが、どのようなジャンルが今の読者に好まれているかを分析するのが、田瀬は得意だった。

「そういえば今の流行り、どうなってんだろ」

誰ともかかわらず、ひとりで小説を書いて、ひとりであらすじとキャッチコピーを考え、アップロードさえしておけば、勝手に出版社から書籍化の打診メールが届く。それは田瀬にとって、人生で最もストレスフリーな時代といえる。

そのおかげで、この閑静な町の賃貸アパートに引っ越し、派遣社員を辞めて専業作家として生活できるようになった。

そして作家デビューする前からSNSでやり取りのあった、同じく作家デビューを果たしたふたりとだけは、一、二か月に一度は実際に会って食事をしている。つまり田瀬は四十五歳にして、昔で言うところの「リア友」が初めてできたのだ。

ライトノベル新人賞への応募から始まった田瀬の第二の人生は、WEB小説を掲載して書籍化を続けながら、それを原作とする漫画化《コミカライズ》で生計を立て、今では漫画の原作者へと辿《たど》り着いた。それは振り返ってみると、二十代でシナリオ専門学校へ入学したあの日、田瀬が夢みた「漫画家」のひとつの形へと、三十年近くかけて回帰していたことになる。

「五十歳にして天命を知る、か」

時間がかかりすぎだと、人は言う。

もっと早くからそうしておけばと、鼻で笑われる。

しかし死ぬまでが人生なのだ。誰かと比べ、誰かの目を気にして、三十歳で而立《じりつ》する必要も、四十歳で不惑になる必要もない。五十歳をすぎた時に「今？　楽しいよ」と言える人生を目指せば、それでいいのではないか――。

キャラのセリフを考えているうちに、自分の人生を省みてしまった田瀬は、なんとなく気分がよくなってきた。

「今日は『カルビ・ハッピー』になるか」

冷凍庫から冷食《れいしょく》の「カルビクッパ」を取り出した田瀬は、そこへ同じ冷食の「牛カルビ焼き」を解凍して加えた。大好きなカルビを、カルビクッパ単品で食べるのではなく、カルビ焼きを追いカルビしたのだ。

それができる贅沢《ぜいたく》と、それを誰にも咎《とが》められない自由を、夜明けと共に満喫する。

これこそが、田瀬にとっての豊かさの象徴だった。

＊

夕方に目覚めた田瀬だが、すぐに起きることはなかった。

今日は高タンパクで低糖質の少しお高いカップラーメンに、冷凍エビチリと冷凍チンジャオロースを合わせて「自宅中華」の気分を味わおうかと考えていた。そしていつものようにベッドでゴロゴロしながら、SNSをスクロールしているはずだった。

しかし今は家を飛び出し、住宅街を抜けて駅前まで続く道を歩いている。

「マジかよ……」

ともかく息が詰まって、家にいられない。

同じ出版社の新人賞でデビューした、いわゆる同期のライトノベル作家が、頭蓋内《ずがいない》出血で急逝《きゅうせい》したという投稿をSNSで目にしたからだ。

もちろん葬儀に駆けつけたり、泣いたりするほどの間柄ではない。

しかし少なくとも顔を知っていて、受賞式のパーティーで話したことのある同業作家が亡くなったことは、田瀬に急激な不安を与えた。

「……まさか、あの牛山《うしやま》さんが」

田瀬がデビューしてからすでに、六年がすぎている。

四十五歳と五十一歳は、様々な面で小学一年生と六年生ぐらいの違いがある。残りの人生に対する意識の違いもそうだが、なにより身体的な変化が顕著だ。四十五歳の時は腰を痛めていなかったし、体重も90kg台だった。その後、膝《ひざ》に謎の激痛を感じて整形外科を受診したが、半月板《はんげつばん》にも靭帯《じんたい》にも異常はなく、医者から半笑いで「加齢ですね」と言われたことを思い出す。

「待てよ……」

考えてみれば、最近どうも左手や手首のあたりが痺《しび》れるような気がする。腱鞘炎《けんしょうえん》か何かだと思っていたが、それはまったく見当違いかもしれない。

かといってまた整形外科に行って半笑いされるのも嫌だし、だからといって脳神経外科に行くべきか、田瀬にはわからない。ならばと思い出したように区の健診ハガキを取り出してみたが、指定された病院がどうにも信用ならない。端的に言えば外観がずいぶん古く、ホームページも更新が数年前で止まっている内科医院だったのだ。

「あれ、こっちの道は――」

動揺していたせいかもしれない。いつもの「ついでにご飯を食べる散歩ルート」ではなく、住宅街を抜けて駅前に出る道を辿《たど》っていることに、田瀬は今さら気づいた。こちらの道では、よさそうなクリニックを探し出すことも難しいだろう。

「――ん？」

その中に紛れ込むように、一軒のアンティークショップが佇《たたず》んでいる。そこに出された手書きの立て看板を見て、田瀬は思わず突っ込まざるを得なかった。

「いやいや。アンティークショップが、クリニックって」

おもしろいネタになると思いながらも、連載している漫画原作には使い道がない。しかし何がどうなれば、アンティークショップにクリニックが併設されるのか気になる。もしかすると、このアンティークショップの名前が「満月クリニック」かもしれない。だとしたら、店の外壁にある「南天 NOSTALGIA」とは何なのか。

そんなことを考えながら立て看板を遠目に眺めていると、中から白衣を着た男性スタッフが出てきて掃除を始めた。

アンティークショップに、白衣は似合わない。そのうえホウキにチリトリを持った姿が、さらに違和感を増している。

「こんばんは」

「……ん？」

視線が思いきり合ってしまっていることを考えても、挨拶《あいさつ》をされた相手は田瀬で間違いない。しかし、返す言葉が――たとえそれが「こんばんは」だけであっても、すぐに口から出てこない。体裁も悪いので会釈だけでこの場を去ろうとしたが、その男は挨拶だけで済まそうとしなかった。

「今日は、どうされたんですか？」

「え？　あ……はい？」

「ここはクリニックに見えないですけど、健康相談だけでも承ってますので」

白衣に「医師　赤崎」のネームプレートをつけた男は、立て看板に手を置いたまま笑顔を浮かべた。

左右を見ても、やはり誰もいない。

たしかに「健康相談だけでもお気軽に！」と蛍光色で書かれているが、問題はそんなことではない。なぜ田瀬を見るや否や「どうされたんですか？」と声をかけてきたかということだ。

「……俺、ですよね」

「す、すいません……なんとなく」

「なんとなく？」

この「自称」医師だという赤崎は、距離感の取り方が絶妙だった。

間合いを詰めるでもなく、マシンガン・トークで攻めてくるわけでもない。物を売りつける気配もなく、怪しい店舗に引き込む様子もない。

そのくせ店の前には「満月クリニック」の看板が出され、医師なのに店先を白衣姿のままで掃除をしているという、こちらからのツッコミ待ちとしか思えないシチュエーションに戸惑う。なにより田瀬は、これほど気弱な医師を見たことがなかった。

「なんとなくっていうのは、あれです。怪しい占いとか、そういうんじゃないんですけど……ホントになんとなく、お声がけしただけなんで……すいませんでした」

「いや、あの……俺も別に、そういう意味じゃないんですけど」

互いの会話が、嚙《か》み合っているかどうかもわからない。

しかし今はちょうど、健康に関して聞きたいことが山ほどある。そんな不安が、田瀬の顔に出ていたのかもしれない。

「相談だけでも、いいんですか？」

「もちろんです」

人見知りに見えない人見知りの五十一歳と、気弱な三十五歳の医師。

田瀬が受診するクリニックは、これぐらいがちょうどいいのかもしれない。

「──実は俺、最近ちょっと心配なことがあって」

これはいつか使うかもしれないネタ集めだと、田瀬は自分に言い聞かせた。

そして緊張で跳ね上がる心拍数と、紅潮する顔から噴き出る汗に気づかれないよう、ハンカチで口元を隠しながら、田瀬は温かいランプやシャンデリアの灯《とも》るアンティークショップの中へと恐る恐る入っていった。

＊

最初は「おしゃれ女子」をターゲットにした、新手《あらて》の占いだとばかり思っていた。

なにせ通されたのは、アンティークショップの奥にある円椅子。パーティションも書斎机もアンティークを全面に押し出した木製のうえ、診察用なのかどうかも定かではない、ワイヤーフレームのベッドが置いてある。

「どうされたんですか？」

こうして見れば、この赤崎という男も医師に見えなくもない。しかしこの世界観を「企画書」に盛り込んでも、企画会議は通らないだろう。だが、現実は小説よりも——しばらく沈黙した後、田瀬は思いきって本当のことを話してみることにした。

「左手首のあたりに、軽い痺れがあるんです」

「痺れる場所は『このあたり』って、指で教えてもらっていいですか？」

「どこって……別に今は、なんともないんですけど」

「だいたいでいいです。いつもこのあたり、っていう場所を」

田瀬は思い出しながら、腕の外側から手のひらの外側を通り、小指と薬指までを指でなぞった。

「やっぱり、そこですか」

「何か、有名な病気なんですか？」

「最近、多いんですね。これ、見てください」

赤崎はタブレットを取り出し、人体の中に張り巡らされた無数の網目を、３Ｄモデルで動かしながら、わかりやすく教えてくれた。

「これは、体の中を走っている『神経支配図』です。田瀬さんが痺れを感じている場所はここで――」

詳しい神経支配領域の説明を受け、田瀬は驚いた。

これはもしかすると、思ったよりまともな医者かもしれない。

「デスクワークですか？」

「えっ？　あ、はい」

「最近『ストレート・ネック／ストレート・スパイン』という単語を聞いたことがありませんか？」

ＳＮＳやニュースをスクロールしていると、かなりの頻度で目にする単語だ。

「あります。俺、それなんですか？」

「頻度から考えて、可能性は高いと思いますが……」

「……が？」

「もしよかったら、身長と体重を教えてもらえませんか？」

赤崎は、体裁悪そうに髪をかき上げた。

ここはクリニックなのだから、そこはサラッと聞いてくれよ――と、田瀬は思う。

「身長１７５㎝、体重１０３㎏です」

「じゃあ体格指数《BMI》は、33ぐらいですね」

「……なんです？　そのBMIって」

「肥満度を表すのに使われることが多い指数です」

田瀬にも、自分は肥満だろうという自覚はある。しかしそれがまさか、手の痺《しび》れにつながっていたとは思いもしなかった。

「やっぱり痩《や》せないと、ストレート・ネックは治らないんですか」

「や。それはぜんぜん、別問題です」

知っているクリニックでの診察と違いすぎて、どうも調子が狂う。

だが、不快ではなかった。

「え……じゃあ俺、何科を受診すればいい感じですかね」

「優先順位が高いのはストレート・ネックで、整形外科なんですが……」

「……が？」

「総合的に考えると、田瀬さんには『人間ドック』を受けることをオススメします」

「健診？　病院じゃなく？」

「健診ではなく、人間ドックです」

どう違うのかわからないと、顔に出てしまったのだろう。赤崎はその違いを、簡単に教えてくれた。

「書類上の違いは『法的義務』があるかないかですが、実際の違いは『検査の中身』が違います」

どうやら市区町村から送られてくる封筒は、年齢に応じた一般的な検査らしい。

「あれって、何やるんですか？」

「国民健康保険《国保》とか保険組合とか、いろんな保険に入っている四十歳から七十四歳までの人が、年に一回受けるのが『特定健康診査』で――」

簡単に言うと、生活習慣病やメタボリックシンドロームの対策であり、検査項目は採血も含めて最低限度。しかも加入している保険によって検査項目が違うこともあり、さらに詳細な項目は「医師が必要と認めた場合のみ」実施されるのだという。

「なんだ。じゃあ健診って、大した意味はないんですね」

「いえ、意味は大いにあるんですが……」

「……が？」

これを何度繰り返せば安心できるのか、田瀬は次第に不安になってきた。

「他にも『がん検診』には胃がん、肺がん、大腸がん、乳がん、子宮頸《けい》がんの五種類があるんですけど、検査項目や対象者、無料か一部負担かは、それぞれの市区町村で違うこともあるんです」

「がん検診なのに!?」

「自治体の、お金の問題です」

「お金って……まぁ、何でもそうですけど」

この赤崎という医者は、身も蓋《ふた》もないことを言う。

「だからもしお金の問題がなければ、田瀬さんには『人間ドック』を受けて欲しいんです。あれは『どの検査を、どれだけ受けるか』を、自分の希望とお金との相談で決められるので」

「俺、そんなにいっぱい、検査した方がいいですかね」

「そうですね。一般的には『何でもありの五十代』と言われるぐらいですし」

「何でもアリ……と、言うと？」

「脂肪肝《しぼうかん》、脂質異常症《ししついじょうしょう》、緑内障《りょくないしょう》、糖尿病《とうにょうびょう》に痛風《つうふう》──挙げればキリがないですけど、とりあえず何か隠れていないか探す感じで、調べてみるいい機会なんですが……」

「……が？」

「自費診療なんで、かなりお金がかかっちゃうんですよ」

たしかに好き放題に検査をしてもらい、患者負担が二割や三割では、保険側もたまったものではないだろう。だからこそ、市区町村の健診があるのだ。

「あ。お金は大丈夫だと思います」

「首のＭＲＩ検査とかも入れると、軽く十万は超えますよ？」

インボイスを発行しなければならないほどの年収になったとはいえ、田瀬が少し引いたのも事実だった。

「だから実際に症状のあるストレート・ネックについては、整形外科を受診して『保険診療』を受けるのがオススメです。それ以外は、田瀬さんの年齢なら各自治体が無料でやっている年一回の『健診』でメタボ系疾患をチェックして、胃癌と肺癌と大腸癌は『がん検診』を受けるのが、最安値です」

「え……？」

「……めんどくさいですね」

「人間ドックが受けられるなら、それが一回で済みます。検査項目もきめ細かいですし、追加のオプションも付けられます。ただ、お値段が」

やはり世の中の九割はお金で解決できるのだと、田瀬はあらためて痛感する。

「ちなみに俺、がん検診も受けた方がいいです？」

「もちろん。五十歳からは『癌年齢』だと、警鐘《けいしょう》を鳴らす先生も多いですよ」

癌こそ「早期発見、早期治療」がすべてだと、ネットで見たことがある。大好きなロックバンドの、髪を逆立てて悪魔的なフェイスペイントをしているボーカルも「がん検診に行くべし！」と言っていたはずだ。

「無症状のうちに見つけるのが検診の目的ですし、多くの疾患を治療する上で、早期発見が圧倒的に有利なことは間違いないです」

人間ドックも、作中の小ネタで使えるかもしれない。

それに人間ドックを受けていれば、ドラッグストアで買った風邪薬などの一部薬剤が一定金額を超えると、「セルフメディケーション税制」で医療費控除の対象になったはず。これはどう転んでも、田瀬の損にはならない。

「どこか、オススメの人間ドックってあります？　あ、回し者じゃないですよ？」

「僕は、ここをオススメしてます。あ、回し者じゃないですよ？」

赤崎は、一冊のパンフレットを差し出した。

「先生のオススメなら、別に回し者でもいいんですけど」

「この大学から紹介料をもらっているワケでもありませんし、ここの卒業生でも医局にいたってワケでもないです。ホントに」

「そういうのは気にしてないんで、大丈夫です」

「他の人間ドックだと……そうですね」

「いや、先生。そこがいいです。そこにさせてください」

こうして田瀬は、検診や人間ドックをメインに行っている大学病院の系列クリニックで、人生初の「人間ドック」を受けてみることに決めたのだった。

＊

人間ドックは、まさに人間の建造修理を行う施設《ドック》だった。

「ヤバい……緊張してきた」

届いたA4サイズの大きな封筒を手に、田瀬は開封するのをためらった。

採血検査では試験管のようなものに四本も血を採られたが、その検査項目は肝機能、腎機能《じんきのう》、痛風、コレステロール各種から糖尿病、肝炎から癌の腫瘍《しゅよう》マーカーに至る。

眼科では視力検査だけに終わらず、プシュプシュと空気を当てられたが、何度も目を閉じてしまったのでやり直しを繰り返した。

肺がんの検査はレントゲンだけでなく、胸部CTという輪切りの検査で精密にチェックしてくれた。

腹部の超音波検査も生まれて初めて受けたが、恥ずかしいやらくすぐったいやらで、薄暗い検査室の中で妙に照れてしまったことが悔やまれる。

そしてとくに印象的だったのは、胃カメラだ。その設備を前にして強烈な「内臓を調べられる感」と「恐怖」に襲われた田瀬は、鎮静剤を点滴してもらい、薄らぼんやりと意識を失った状態でやってもらった。

「どうだったんだろう……」

かかった費用は「基本コース」が含まれた「がん男性コース」を選んだので、この時点で費用は七万円を超えた。そこにオプションで「首のMRI検査」を追加したので、二万五千円ほど追加となり、総額は赤崎の予想通り十万円を超えた。

しかしあらためて整形外科を受診するのが面倒だったこと、どうやら近所の整形外科にはMRIがないことから、田瀬はお金で解決することにしたのだ。

その結果が今、ここにある。

「見ないと、意味ないし――」

新人賞に応募していた頃の、結果発表を見るのとはわけが違う。

これは自分の体に対する、合否判定なのだ。

「――なっ⁉」

中から出てきたのは、折りたたまれてA4サイズになった検査結果。多くの項目が並んでいたが、まっ先に目に飛び込んできたのは、大きな「総評」の文字だった。

総合判定【D1】

メタボリックシンドローム判定【該当】

「D1⁉　なにそれ、Dって！」

判定は、Aが一番いいに決まっている。それなのに総評で「D」——しかも「1」とは、どういうことか。この時点で田瀬にとって、メタボリックシンドロームに該当していることなど、もはやどうでもいいことになっていた。

「あった、記号の意味。D1、D1は——」

手と足の先がひんやりして、体が揺れているような感覚に陥った。

「——要受診・要治療⁉　治療しなきゃいけないじゃん！」

届いた人間ドックの結果は、無慈悲で悲惨なものだった。

赤崎に挙げられていた脂肪肝は中等度、脂質異常症＝高コレステロール血症から、まさかのピロリ菌陽性まで、すべて「要受診・要治療」の「D1」となっている。

しかもオプションでつけたMRI検査では頸椎《けいつい》症も発覚し、おまけのように高尿酸《こうにょうさん》血症《けっしょう》まで「D1」で、痛風の症状に注意と書いてある。

「これが『何でもありの五十代』か……」

癌の疑いがないことだけが、救いだったかもしれない。

しかし、もっと大きな問題が残っていた。

この健診の結果用紙には肝心の「これから何をどうすればいいか」の具体的な指示はなく、異常の出た各項目に「かかりつけ医を受診してください」という文字が、繰り返し並んでいるだけなのだ。

「いや、かかりつけ医とかないし……これ、絶対コピペだろ」

かかりつけ医どころか、最後にいつ病院を受診したのかも思い出せないほどなのだ。この結果用紙をどこに持って行けばいいのか、田瀬にわかるはずがない。

「……また、あの赤崎先生のとこに行く？」

しかし満月クリニックで、なにか治療ができるとは思えない。

田瀬は嫌な汗をタオルでぬぐいながら、取りあえず近所にできた新しい内科クリニックに予約を入れて、健診結果を持って受診してみることにしたのだった。

＊

予約だけはしたものの――。

受診に間に合う時間に起きられなかった田瀬は、予約を入れ直してはキャンセルの電話を入れるという体たらくを、二度も繰り返してしまう。

さすがに三度目の予約は気まずくなり、予約先をお爺《じい》ちゃん先生がひとり院長を務める、古くから開業しているらしい内科クリニックに変更した。

しかしそこで、悲劇は起こった。

「田瀬さん、だっけ？」

「……あ、はい」

「フリーライターって、なにする仕事なの？」

渡された初診の問診票には「五十一歳／男性／フリーライター」と書き込んだ。なぜか職業欄に「小説家」や「作家」と書くのは恥ずかしく、かといって「漫画原作者」と書いても、曲解されて話が面倒になることが多いのだ。

「依頼されて、原稿を書く仕事です」

「あ、そう」

しかしお爺ちゃん院長の価値観からすれば、職業不詳と同じことだったのかもしれない。診察室に入った瞬間から、田瀬に送られる視線がどことなく険しい。

そんなBMIが33を超えた肥満の、メタボリックシンドロームに該当するアラフィフ大男が、初診で「要受診・要治療」の健診結果を持って受診してきたのだ。それも仕方ないだろうと、田瀬は諦《あきら》めて受け入れることにした。

「ひどいね、これ。どれもこれも、五十代前半の数値じゃないよ」

「……す、すみません」

「どうするの、これ」

それがわからないから受診したというのに、逆に質問される始末。これではまるで

「グラスを床に落として割ったらしいけど、どうするのこれ」と、元に戻しようのないミスを責められているような気分だ。

「ど……どうしたらいいですかね」

にもかかわらず、実感も緊張感もないように見えてしまうのが、田瀬が損をする一番の理由だ。実際は強烈な人見知りを笑顔で誤魔化しているだけだということに、第一印象で気づかれることは、まずない。

「笑ってる場合じゃないよ？　これ、大変な結果なんだよ？　わかってる？　こんなひどい健診結果を見たの、何年ぶりかな」

「すみません……」

自分が悪いのはわかっている。医者の方が患者より、病気のことをよく知っているのもわかっている。しかしどうにも「キミのためを思って怒っているんだよ」とは思えず、この狭い診察室の中で「患者」という居場所さえ奪われたような気がした。

どこの職場でも、こうして弱者としての立ち位置が決まってしまう――バイトや派遣をしていた頃を、田瀬は嫌でも思い出す。

「今まで、どんな食事してたの」

その口調と語気は、すでに問診でも診察でもなく、ただの叱責《しっせき》だ。

田瀬の手足は指先からつま先まで冷たくなり、背中を嫌な汗が流れる。それでも正直に言わなければ治療に支障が出ると思い、今までの生活様式を素直に告白した。

「なにやってんの。五十歳でしょ？　そんな生活と食事を続けてたら、こんなひどいことになっても仕方ないって、わからない？」

「……すみません」

「そのフリーライターって仕事は、忙しいの？」

「はい。まぁ……それなりに」

「じゃあ、座りっぱなし？　なにか、スポーツとかやってる？　ウォーキングでも、なんでもいいけど」

「一応、その……ラジオ体操と」

「あんなのを運動に数えてるの？　そういうところが、こういう結果を生むの」

お爺ちゃん院長は露骨に鼻で笑い、最後まで話を聞く気はなかった。

居酒屋でバイト店長をしていた時のエリアマネージャーを、田瀬は思い出す。

「一日三十分以上の運動は、他にしてないの？」

この調子だとスクワットやボクササイズの話をしても、さらなる叱責が返ってくるだけだと、田瀬は諦めて黙ってしまった。経験上、この手の口調になった相手は、自分の予想する答え以外は認めないことが多い。

「このままだと、数年後にはまともに歩けなくなるかもしれないよ」

「えっ⁉」

「脅《おど》しじゃないよ？　痛風のコントロールが利かなくなったら、足の指が痛くて歩けなくなるし。今は出てないけど、このままの食生活じゃあ、いつ糖尿病が出てもおかしくない。糖尿病だって、最後は脚が腐って歩けなくなるんだよ？　知ってた？」

「……知らなかったです」

腐るという表現に、田瀬は戦慄《せんりつ》した。

「しかもメタボがあって、ＢＭＩが33の肥満でしょ？　膝《ひざ》が悪くなるのも早いかもしれないし、コレステロールだってコントロールがつかなきゃ、血管の中が汚れて脳卒中とか危ないし。ピロリは放っておけば癌になるかもしれないし」

脳卒中とは、脳の血管が詰まったり破れたりすること——脳裏をよぎったのは、同期の作家が亡くなった投稿だった。

「このままの生活を続けてたら、下手すると死んじゃうよ」

田瀬の頭の中は、真っ白になった。

こんなはずではなかった。

四十五歳の遅咲きでデビューしてから六年。今の生活に、満足していたはずだ。

これこそが、人生の折り返し地点でようやく手に入れた自由。

これこそが、豊かさの象徴だと。

「田瀬さん、しっかりしなきゃ。もう、五十歳なんだから――」

そのひとことで、お爺ちゃん院長は叱責と説教を締めくくった。

生活指導や疾病の説明は簡略されたものというより、ぞんざいだとしか言いようがなかった。食事制限をしながら毎日三十分の運動をしつつ、血圧計を買って毎日記録しろと言われただけ。ピロリ菌は「消化器内科」を、頸椎椎間板ヘルニアは「整形外科」を受診しろと言われ、コレステロールと痛風の薬を処方されて、診察という名の長い苦行は終わった。

「じゃあ二週間後に、また来て」

「あ、あの……先生」

「薬のことは、薬局が説明してくれるから」

「いや、そうじゃなくて……」

「なに？　薬飲んで二週間後に、効いてるか採血するから」

「いや、あの……紹介状とかは、書いて」

「えぇっ？　なんの紹介状？」

「えっと……消化器内科とか、整形外科とか」

「要らない、要らない。この健診結果以上の紹介状はないでしょ。これ持って行きなさい、これで十分だから」

めんどくさそうに突き返された、田瀬の健診結果。

自分の状況を正確に把握できないまま受付で会計を済ませ、処方箋《しょほうせん》と診療明細をもらった田瀬は、お爺ちゃん内科クリニックを後にした。

「お大事にしてくださーい」

しかしその心は、完全に折れていた。

初対面で、しかも医師から、頭ごなしに「人生」を叱責された気がしたのだ。

「……なにやってんだ、俺」

湧き上がってきたのは怒りではなく、挫折《ざせつ》感と徒労感だった。

今の生活を「太陽に支配されないひとり暮らし」と名付け、若い頃と比べれば着実に進歩したものだと、田瀬は満足していた。しかし社会的に見れば二十代の頃から三十年間、なにひとつ変わっていなかったのだ。

「なんだよ……結局、職業不詳の自堕落《じだらく》な不健康デブのままかよ」

もちろんあの院長は、医者として長年にわたって立派に生きてきたのであろう。それに比べれば田瀬の人生など、だらしなく取るに足らないものかもしれない。

しかし自分はそうやって生きてきた結果——いや、流されながらもそれなりに生きてきた結果——五十歳をすぎて、ようやく今の「過不足のない自由な生活」を手に入れたと思っていたのだ。

そんな今までの苦労を全否定されたようで、田瀬はひどく落ち込んだ。

それは「下手をすると死んでしまうかもしれない」という言葉よりも、田瀬の心に深い傷を負わせたのだった。

＊

田瀬の受けた心的《しんてき》ダメージは、深刻なものになった。

「……俺、最悪だわ」

新人賞でデビューして以来、どんな些細《ささい》な締め切りも破ったことのない田瀬が、生まれて初めて漫画の原作＝脚本を落としたのだ。

「田瀬さん……肉、焼けてますよ？」

「大丈夫っスか？　顔色、まじヤバそうですけど」

三十八歳の女性作家である四谷《よつや》と、四十二歳の男性作家である瓜原《うりはら》は、なんとか理由をつけて秋葉原《あきはばら》の高級焼き肉店に、田瀬を引きずり出すことに成功していた。

この三人は共に作家志望者——俗称「ワナビ」だった頃からの付き合いで、ふたりは田瀬と一年違いで順番にデビューしている。そして田瀬が仕事以外でやり取りをする、唯一の作家仲間でもある。

それだけに四谷と瓜原は、田瀬が締め切りを破ることがいかに異常事態であるか、すぐに気づいたのだった。

「俺……高橋《たかはし》さんに、捨てられるかもな」

大好きな牛カルビを焼きながら、田瀬はいつものような笑顔になれない。

「担当になって、五年は経ちますよね。一発で、それはないんじゃないですか？」

「だいたい田瀬さんが原稿を落とすとか、よっぽどのことっスから」

どれだけスケジュールが重なって同時進行になっても、どれだけ進行を繰り上げられても、締め切りを落としたことがない——それが、田瀬の自慢だった。

「作画の『マンジャーレ』さんにも、迷惑かけちゃったな……」

「いやいや、忘れたんですか？　あの人のせいで、連載開始が遅れたこと」

「そっスよ。いくら田瀬さんがネームチェックを早く戻しても、最後はぜったい作画でスケジュールが遅れてたじゃないスか」

健診結果だけでも様々な不安が募《つの》っていたところに、追い打ちをかけたのは医師からのひとことだった。

――しっかりしなきゃ。もう、五十歳なんだから。

それが、田瀬の自己肯定感を著しく下げてしまったのだ。

いくら漫画原作を書き進めようとしても、作品世界に入れない。新キャラの登場もセリフも、取って付けたようなものしか考えられない。ストーリー展開にはメリハリも引きもなく、すべてが「取りあえず」のまま提出せざるを得なかった。

こんなことは作家デビューして以来、初めてだ。

しかし現実は、それでお茶を濁せる状況になかった。なにせ次話は運悪く、バトルシーンのまっ最中に、新キャラを登場させる回なのだ。どう考えても、水着や肌色成分の多いストーリーで引っ張れる可能性はない。

もちろん担当の高橋とブレストしながら改稿を進めたものの、焦れば焦るほど思考が堂々巡りになった。バトルシーンを延ばすアイデアも出たが、田瀬のシナリオは「スピード感」と「殺陣《たて》」の融合が魅力であり、売りでもある。実際に読者からの好評コメントも、それについてのものが最も多い。ここで恥を忍んでそれを捨てた「露骨な間つなぎ回」を課金で開放した結果、読者は離れていくかもしれない――そこで担当の高橋から出された提案が「一回休載」だったのだ。

「あれって、ストックなしの進行だったんですか？」

運ばれて来たニンニク牛テールスープを、四谷はふたりに取り分けた。

「まぁ……なしっていうか、もう放出しちゃってたっていうか」

「えっ⁉」

危うく四谷は、瓜原に手渡すスープを落とすところだった。

「あれっスよ、四谷さん。例の、十話を一気に放出した」

「あれの話なんですか！」

ようやく田瀬は、少しだけニンニク牛テールスープに口をつけた。

「うん。だから高橋さんが、ギリギリの進行を一回リセットしようって」

「じゃあそれ、仕方なくないですか？　本来はこういう時のために、ストックを使うべきなのに」

自分ひとりで損をするのは一向にかまわないと、田瀬は昔から思っている。

しかし今回はネーム担当にも、作画担当にも、担当編集者の高橋にも、漫画側の担当編集者にも、機会損失を与えてしまう。

田瀬を苛《さいな》んでいたのは、なによりこの「他人を巻き込んだ」心苦しさだった。

「でもさぁ。実際に進行を止めたのは、俺だから」

ため息と共に、田瀬は無意識に頭を抱えてしまう。

「田瀬さん。今日、無理に誘っちゃいました？　頭痛とか腹痛とか、大丈夫です？」

「いや、大丈夫……ふたりとも、誘ってくれてありがとう」

「けど、肉。ぜんぜん食ってないじゃないスか。牛カルビ、好きっスよね」

網で焦げる寸前、ふたりのどちらかがトングで取り皿に上げないと、田瀬は自ら箸《はし》を持つことはなかった。

「……やっぱ漫画側との間に入ってくれた高橋さんに、迷惑かけちゃったな」

「だから。それも、編集の仕事ですって」

「あの人。わりとそういうの、慣れてないっスか？」

「でも、高橋さんは——」

ライトノベルから漫画化、そして現在の漫画原作に至るまで、自分を信じて企画を通してくれたり、仕事を回してくれたりした、恩のある担当編集者だ。その信頼を裏切ってしまったという自己嫌悪と喪失感が、田瀬の中で止まらない。

「田瀬さん。最近、いつ寝てます？」

「えっ？　あ、まぁ……いつも通り、テキトーに寝てるけど」

「そうです？　昨日、ずっとSNSでリポストしてませんでした？」

「四谷さん、見てたの？」

「サブモニターにSNSアプリを開いてたんですけど、ずっと流れてきましたよ」

「……悪い」

「いや、そうじゃなく」

四谷は、隣の瓜原に救いを求めた。

「田瀬さんがリポスト連打する時って、メンタルやばい時なんスよ」

実際、田瀬は眠れていなかった。

いつもなら四時間睡眠の次は十時間睡眠と、平均すれば七、八時間は眠れるのだが、いくら目を閉じても眠れない。嫌な汗をかきながらベッドでゴロゴロして、SNSを流し見しているうちに、汗が不快になってシャワーを浴びるために起きる。気づけばエアコンの設定が暖房の三十度で、いつの間にか風量も「急」になっているのだ。

「三十度？　そんなに冷えるんですか？」

「わかんない。気づいたら……」

四谷と瓜原は、顔を見合わせた。

この調子では田瀬も、同期のライトノベル作家とは別の理由で死んでしまうのではないか――ふたりは無言のうちに、同じことを考えていた。

「結局、あれですよね。田瀬さんが原稿を落とした理由って、健診結果がひどかったことじゃないですよね」

テーブルに置かれたコースターを眺めていた田瀬は、顔を上げて四谷を見た。

「……なんで？」

「いやいや、わかりますって。ねぇ、瓜原さん」

「ですよ、田瀬さん。オレら、長い付き合いじゃないスか。ワナビの時代から数えたら、十年超えますよ？」

「でも実際、結果はサイテーで……最悪で」

「最悪なのは、そのジイさん院長です」

四谷は憤慨しながら、焼けた上タン塩を頬張った。

「それっスよ。健診結果を持って相談に行ったのに、そんな患者を罵倒《ばとう》するような生活指導、フツーあります？　なんていうか、ドクター・ハラスメント？　ドクハラ？　メディカル・ハラスメント？　そう言って、いいんじゃないスかね——あ、すいません。ハイボールください」

瓜原の注文ついでにサンチュを追加した四谷は、口元を拭《ふ》きながら真顔になった。

「セカンド・オピニオンを受けてみたらどうですかね。別の病院に行って、その健診結果をもう一回評価してもらいましょうよ」

「でも、もう薬もらっちゃったし」

「それだって本当に必要かどうか、わかったものじゃないですし」

「四谷さん、怒ってる？」

「普通、怒りますって。なにも教えてもらえず、言いたい放題言われた挙げ句に、薬だけ出されて『二週間後に』って、もう二度と行く必要なくないですか？」

しかし田瀬の頭から、あの院長に叱責《しっせき》された光景が消えない。

どうせどこの病院に行ってもダメ人間の五十一歳として、また自分の生き方を否定されてしまうに違いない。

「もうこの際、近所じゃなくてもいいじゃないですか」

「ググります？」

不意に田瀬の脳裏をよぎったのは「満月クリニック」――あのアンティークショップの奥で親身になって話を聞いてくれた医師、赤崎の穏やかな笑顔だった。

「まぁ……心当たりが、ないわけじゃないけど」

「え、どこの病院です？」

「そこも、ヤバくないでしょうね」

「それがさ。不思議なクリニックっていうか、なんていうか――」

ようやく焼き肉に箸を伸ばし、少しだけいつもの田瀬に戻り始めていた。

こうして三人はデビューしてからも、互いの危機を共有して乗り越えてきた。

四谷は三十八歳、瓜原は四十二歳。

年齢性別など関係ない「本当の仲間」がいてくれることこそ、田瀬が五十一歳で手に入れた、最も大切なものだったのかもしれない。

＊

真夜中の住宅街に、アンティークショップだけが煌々《こうこう》と浮かび上がっていた。

「どうぞ、こちらへ」

白衣姿の赤崎は、相変わらず穏やかな笑顔で田瀬を迎え入れてくれる。

ランプやシャンデリアの温かい灯《あか》りのせいか、店内はあまりにも非現実的なファンタジーのように映る。それはまるで、田瀬が来るのを待ってくれていたのではないかと思わせるほどだ。

「すみません、こんな時間に来て。まさか、本当に開いてるとは思わなくて」

「や、ぜんぜん気にしないでください。うちは基本、日没から夜明けまでなんで」

時刻は、日付が変わった午前一時。

それでいて、満月クリニックは夜間救急病院ではない。しかも田瀬がやって来た時、赤崎は店の奥でハムスターの世話をしていたという、緩さと緊張感のなさだ。

「この前オススメしてもらった、人間ドックを受けて来たんですけど……ハムちゃんの世話が終わったら、結果を見てもらっていいですか？」

「あ、大丈夫ですよ。トイレ掃除やご飯と水の交換なんかは、陽が沈んだら最初に終わらせちゃってるので。今はおやつをあげながら、遊んでただけです」

おそらく特大サイズの衣装ケースの側面を切り抜いて、大きなのぞき窓をＤＩＹで取り付けたのだろう。たっぷりの床材と大きな回し車、こちらも自作と思われる木製のロフトに、素焼のトンネル、その他いくつもの隠れ家を配置されたケージの中を、たった一匹の小さなハムスターが贅沢《ぜいたく》に走り回っていた。

「ハムスターって、懐《なつ》くんですか？」

「自然界では捕食される側の『弱い生き物』で、夜行性で臆病《おくびょう》で神経質で……最初の一週間はずっと威嚇《いかく》したまま巣箱から出てきませんでしたけど、一か月ぐらいおやつを手渡ししてたら、この手と匂いが危険じゃないと理解してくれました」

赤崎はふわふわの毛をした小さなハムスターを手のひらに乗せ、ひまわりの種を手渡しして、またケージの中に戻した。

「わりと、時間かかるんですね」

「個体差もあるみたいですけど、そういうところは人間と似てますよね」

「……わりと時間、かかりますよね」

ため息をついて、田瀬はそんなハムスターに自分の姿を無意識に重ねた。

「田瀬さん？」

「……え？　あ、すみません。これ、結果なんですけど」

受け取った結果を見た赤崎は、驚くことも罵声《ばせい》を浴びせることもなかった。

「お。やっぱり、いろいろ引っかかりましたね」

——ひどいね、これ。どれもこれも、五十代前半の数値じゃないよ。

同じ結果を同じ医者が見て、なぜこれほど反応が違うのか、田瀬にはわからない。

「俺……どうすればいいでしょうか」

じっくりと検査結果に目を通した後、赤崎はなぜか口元に笑みを浮かべた。

「原因はふたつ。ひとつは、田瀬さんのＢＭＩです」

特別なことではないとでも言いたそうに、赤崎は検査結果を田瀬に返す。

「アレですか……肥満度、ですか」

「ですね。脂質異常症＝高コレステロール血症も、脂肪肝も、高尿酸血症も、特殊な場合を除けば、生活習慣病のことがほとんどです」

「……どれもこれも、俺がデブだからってことですね」

「逆に言えば、体重のコントロールさえつけば、ぜんぶ何とかなるってことです」

物は言いようだと、田瀬は妙に感心してしまう。

「じゃあ慢性胃炎のピロリ菌も、俺の食生活が」

「あ、それは『事故』だと思ってください」

何食わぬ顔で、赤崎は言い切った。

「家族内感染が主な経路と言われていますが、不思議と家族でひとりだけピロリ菌陽性の人もいるんですよ」

事故なら仕方ない——その説明はシンプルだったが、田瀬から重荷をひとつ下ろしてくれた。

「じゃあこの『頸椎症《けいつい》＝軽度頸椎椎間板ヘルニア』っていうのは」

「原因のふたつ目ですけど……田瀬さんの場合、ストレート・ネックは職業病かもしれませんね」

「俺がデブで、姿勢が悪いからじゃないんですか？」

「作家さん、でしたよね。最近、忙しくなかったです？」

「……そうですね。とくにこの数年は、わりと仕事が詰まってました」

「何ていうか、文明病っていうか……仕事でパソコン、生活でスマホが当たり前になれば、当然のように人間の基本姿勢も変わりますって」

「でも、みんながなるワケじゃないですよね」

「それこそ、個人差です。みんな違って、みんな仕方ないってヤツです」

またもや赤崎は、涼しい顔をしている。それは田瀬が原作に書くなら、静かに味方してくれる頼もしいヒーローのようだったが、言い間違いは指摘しないことにした。

「仕事か……」

たしかに腕の痺《しび》れが出始めたのは、タテマンガの原作など複数作が、同時進行し始めてからだった。

おまけにずっと自宅にいるため、冷蔵庫との往復も簡単にできてしまう。仕事のついでに、パソコンからファミレスの宅配を注文。寝転んだままスマホで寿司《すし》を注文。

ここまで家から出なくなったのは、作家になってから初めてかもしれない。

「……赤崎さん。なんか全部、なるべくしてなったような気がしてきました」

「ですね。ピロリ菌の事故以外は」

「あっさり言いますね」

急に体裁悪そうに、赤崎は髪をかき上げた。

「でもメタボはダイエットすれば済みますし、頸椎症も軽度ですから、おそらく手術にはならないんじゃないかと思いまして」

「ダイエットしたら、コレステロールとか脂肪肝とか、いろいろ治りますか？」

「や、しばらく無理です」

「えっ⁉」

安心させたいのやら、不安にさせたいのやら——ただ、少なくとも不快ではない。

それは赤崎が、率直に事実だけを伝えてくれているからだ。

「だからダイエットしている間、お薬を飲んで数値を抑えておけばいいんです。今は数値だけで症状が出てないんですから、そこで『止めておく』感じですかね」

「でも俺、ダイエットに成功したことないんですよ」

「それなんですけどね――」

なぜか赤崎は、得意そうな顔になった。ここまで患者にフレンドリーな医者を、田瀬は今まで見たことがない。アンティークショップの奥ということもあり、受診しているというより、雑談している感じだ。

「――前に勤めてた病院で、関根《せきね》さんっていう、すごい管理栄養士さんから教えてもらったんですよ。好きな物を食べて、ダイエットする方法」

そういう「努力は要らない系」の本は売りやすいと、担当編集者の高橋から聞いたことを思い出す。

「いやいや。さすがに、それは無理じゃないですか？」

「まずは今どれぐらいのカロリーを一日に摂取しているか、現実に目を背けずデータを正確に取ることから始めます。田瀬さん、ご存じです？　このスマホアプリ」

確信でもあるのだろうか。田瀬の話には耳を貸さず、赤崎はスマホを差し出して、白衣姿の女性キャラが微笑んでいるアプリを見せた。

やはりこの距離の取り方は、医師と患者ではあり得ないだろう。

「あ、知ってます。わりと有名なヤツですよね」

「次に日本医師会のホームページに行って、一日に消費する基礎代謝《きそたいしゃ》のカロリーと、仕事や生活内容から身体活動レベルを調べて、田瀬さんが一日に必要とするカロリー＝推定エネルギー必要量を計算するんです」

言われたとおりにスマホで調べてみると、「男性」「五十歳から六十四歳」「身体活動レベルI（低い）」の人が一日に必要とする推定エネルギーは、「２２２０ｋｃａｌ」と自動的に計算してくれた。

「だから好きな物は食べてもいいので、一日二十四時間で、総摂取カロリーを必ずこの２２２０ｋｃａｌ以内に収めてください。それだけでいいです。今までのように食べられなくてイライラするなら、一日四回でも五回でも食べていいですから」

「そんな、五回も食べたら――あ、そうか。何回食べても、総カロリーさえ超えなきゃいいのか」

「です、です。朝、昼、夕、夜食で、それぞれ平均的に５５０ｋｃａｌずつ４回食べてもいい。極端な例だと、朝食に１００、昼食に２００、夕食に１４００、夜食に５００ｋｃａｌ食べてもいいんです」

「む。なんか、それならできそうな気がしてきました」

「何時に食べると脂肪になりやすいとか、消化がどうだとか、何を食べたら太るとか、最初からそういう細かいことを気にするから、ダイエットは続かないんですって。だから最初は好きな物を食べながら、まずは体重を減らす。その成功体験をもとに、飽和脂肪酸とか炭水化物とかの栄養バランスは、あとから調整していけばいいらしいですよ。すごくないですか？　この考え方」

「たしかに、聞いたことないですね」

「もちろん薬を飲んで症状がないからって、油断するのはダメですけど――」

ひと思いに話し切った赤崎は、椅子の背にもたれて笑顔を浮かべた。


「――何でもあんまり思い詰めると、気が滅入《めい》っちゃいますからね」


赤崎の説明は、あの叱責《しっせき》院長のものとは別次元のわかりやすさだった。

そしてなにより、優しさがあることに田瀬は救われた。

「赤崎さん。実は俺、ここへ来る前に――」

田瀬は、あの爺《じい》さん医院での経緯を話した。

――このままの生活を続けてたら、下手すると死んじゃうよ。

――しっかりしなきゃ。もう、五十歳なんだから。

そして、作家になって初めて原稿を落としたことも。

「そうだったんですか」

「こんなことなら、最初から赤崎さんに相談しとけばよかった……」

少し考えてから、赤崎は椅子から身を乗り出した。

「じゃあ高脂血症と高尿酸血症については、ここで継続的に内服管理をするっていうのは、どうですか？」

「えっ！　赤崎さんが診てくれるんですか⁉」

気づけば田瀬は、赤崎を「先生」ではなく「名前」で呼んでいた。

「まぁ、採血検査ぐらいはできますので」

「あ……ですよね、すみません」

「いえいえ。僕、医者に見えないですからね」

もう得体の知れないクリニックに行かなくて済むと、田瀬は安堵《あんど》した。アンティークショップの奥にあるクリニックの方が、よほど得体が知れないというのに。

「じゃあこの、脂肪肝っていうのも」

「さすがに脂肪肝は、腹部超音波検査のできる病院を紹介しますので、定期的に評価してもらいましょう」

「……赤崎さんは？」

「ここ、腹部超音波の器械がないんです」

たしかに見渡しても、アンティークしかない。むしろ採血検査ができることだけでも、ありがたいぐらいなのだ。

「年に一、二回ほど、変化を評価してもらうだけです。なにせ肝臓に付いた脂肪は、ダイエットしたぐらいじゃ、そう簡単には落ちないですからね」

「そ、そうなんですか……」

「でも、整形外科には早めに行きましょう。最近多いですよね、ストレート・ネック。この前も紹介状を書きましたよ」

「その方、どうなりました？」

「個人差はあると思いますけど、三か月ぐらいで症状は消えました。その方も、初期の方でしたけど」

「そうですか。それは、よかった……」

とりあえず、健康不安は去った。

すると三週間ぶりに緊張がほぐれたせいか、田瀬の視界を涙が歪《ゆが》めた。

「田瀬さん？」

「……あ、すみません。つい」

「大丈夫ですよ。こんなの、ぜんぜん珍しくないですから」

「いや、そうじゃないんです。ストレート・ネックとかのことじゃなく……俺、五十にして『天命を知った』つもりでいたんですけど……何かいろいろ、全然ダメな五十のオッサンだなと思って」

なにかを察したように、赤崎は穏やかな表情で田瀬をまっすぐ見た。

「田瀬さんは今の仕事、好きですか？」

「まぁ……二十代の頃から、漫画原作者になりたかったですけど」

「それって、すごくないですか？」

「けど俺、もう五十歳をすぎてんですよ？　それなのに体はボロボロ、信用はガタガタだなんて……なにやってんだか」

それでも赤崎は、目を逸《そ》らすことなく言う。

「自分のやりたい仕事、やり甲斐《がい》を感じる仕事に就けている――それって年齢を問わず、自慢していいことだと思いますけど」

二十代でシナリオ専門学校へ入学したあの日、田瀬が夢みた「漫画家」のひとつの形へと、三十年近くかけて回帰したことに間違いはない――そうは思っていたものの、誰かに言葉で伝えられるのは初めてだった。

「それに車や家電で五十年モノと考えれば、メンテナンスが必要なのは仕方なくないですか？」

なんとなく違う角度から慰められたような気もするが、悪い気はしなかった。

むしろその言葉で、二十代の頃に趣味でレーシングバイクに乗り、サーキットを走っていたことを田瀬は思い出す。

「まぁ……バイクとかも、そうですよね」

「バイク、乗るんですか？」

「嗜《たしな》む程度ですけど、若い頃は筑波《つくば》サーキットとか走ってました」

あのころ全盛期だったマシンたちは、今ではそのエンジン形態のレベルで規制され、生産中止どころか中古車市場にもほとんど出回っていない代物になってしまった。

「写真とか、残ってます？」

「……見ます？」

スマホを出しながら、これはもう完全に診察ではないと、田瀬は気が楽になった。なによりこれほど短期間で心が許せた人間は、二代目担当編集者の高橋以来だ。

「すごい。ツナギとか着て、本格的じゃないですか」

「コーナーで膝《ひざ》を擦ることだけが、目標でしたからね」

すっかり落ち着いてしまった田瀬は、昔の画像を見せながら思い出話に花を咲かせた。あの頃はあの頃で、楽しいことがあったことを思い出しながら――。

「そうだ。田瀬さん、それを目標にダイエットするのはどうです？」

「……それっていうのは？」

「またカッコよく、バイクでサーキットを走ればいいじゃないですか」

「俺、もう五十一ですよ？」

「歳は関係なくないですか？　似たような年代の人で走ってる人、いないです？」

「や……まぁ、おられますけど」

「じゃあ、田瀬さんも大丈夫ですよ。世界最高齢のバイク乗りじゃないってことで」

もう一度あの頃に戻って、失われたものを取り戻すのも悪くない――あらためて赤崎にそう言われると、不思議と担当の高橋との関係も、また取り戻せるかもしれないと思えてきた。

「なんか、すみませんでした。診察なのに、関係ないことまで愚痴っちゃって」

「こちらこそ、すいません。原稿を書く時間、大丈夫です？」

深夜二時。様々なランプやシャンデリアに温かく照らされるアンティークショップの中で、医師と雑談する非日常感。

しかしこれが、満月クリニックの日常なのだ。

「じゃあ、赤崎さん。そろそろ、お会計を」

受診を終えるセリフではないと思いながら立ち上がると、ブリキ製バイクのレトロトイが田瀬の目に留まった。

「あ。それ気になったら、持って帰ってください」

「持って帰るって……むしろ、買いますけど」

「いや、お金は要らないです。ホントは初診の時に渡さなきゃいけなかったんですけど、すっかり忘れてて」

「……どういうこと?」

なぜ受診した挙げ句に気に入った商品をくれるのか、正直なところ田瀬にはその意味がわからない。そもそもアンティークショップの奥に、こんな不思議なクリニックと人のいい医師がいること自体、意味がわからないというのに。

「オーナーの意向というだけで、僕もよくわかってないんです。邪魔になるなら、遠慮なく断ってくださいね」

「いやいや、ダメじゃないですか? オーナーの意向なら」

「どういう意味があるんですかね。いつも、迷惑じゃないかと思うんですけど」

「謎、ですね……」

しかし自分の書いている物語にも、そういった「分岐点」となる場所やキャラクターは必ず登場させている。もしかするとこの満月クリニックと赤崎という医師が、自分にとっての「分岐点」になるかもしれない。そしてこのレトロトイは分岐点で手に入れる、大事なアイテムなのかもしれない。

「……じゃあ、遠慮なく」

「迷惑じゃないです？」

「ぜんぜん。モニターの横に飾らせてもらいます」

そして赤崎は入口まで見送りに出てきてくれ、笑みを浮かべた。

「田瀬さん。また来てくださいね」

本当にここは、クリニックなのだろうか——。

冷たい夜の空気は妙に心地よく、気づけば田瀬の心は軽くなっていたのだった。

＊

ある日の夕方。

アンティークショップ「南天NOSTALGIA」の店先に、甲高いエンジン音と共にレーシングマシンのようなバイクが止まった。

「こんばんはー」

颯爽《さっそう》と降りてヘルメットを取ったのは、少し痩《や》せて印象の変わった田瀬だった。

福尾と交代するために看板を出そうとしていた赤崎にも、笑顔が浮かぶ。

「田瀬さん。どうしたんですか、そのバイク」

「これですか？　ほら。前に話した、若い頃に乗っていたバイクですよ」

「でもあれって、もう中古でも売ってないんじゃなかったでしたっけ」

「本体はオークションで65万。それにパーツ代と復元修理《レストア》代で、190万です」

「えーっ！　それこそ、アンティーク・バイクじゃないですか！」

その額には驚いてしまった赤崎だが、楽しそうにバイクの説明をし、今まで以上に生き生きとしている田瀬を見ていると、わけもなく一緒に嬉《うれ》しくなった。

「今度、筑波サーキットへ走りに行こうと思ってるんですよ」

「……原稿、大丈夫なんですよね？」

あれから田瀬は、二度と原稿を落とすことはなかった。

連載の再開されたタテマンガ読者の感想やレビューを読みながら、田瀬は自分を待っていてくれる人間がこの世に存在することを、あらためて実感したという。

そしてなにより、デビューする前から苦楽を共にしてきた作家仲間ふたりが心から喜んでくれたことで、田瀬の中にあった無意識の孤独感と挫折《ざせつ》感は薄れていった。

「大丈夫です。二度と落としませんから」

「薬、飲み忘れてません？」

「当たり前じゃないですか。来週は、ちゃんと採血に来ます」

相変わらず不規則な生活を続けていた田瀬だったが、食生活だけは見直した。

なにせダイエットの方針はシンプルで「一日のカロリー摂取量」と「飽和脂肪酸の摂取量」だけを制限内に守れば、あとは好きな物を食べていい——まず必要な食事の管理方針「ダイエットを継続させること」には成功していた。

「じゃ、赤崎さん。また来週」

「え？　お茶、飲んで行かないんですか？」

「ちょっと見せびらかしに来たかっただけで、やんなきゃいけない原稿はあるんで」

ふたたびヘルメットをかぶった田瀬は、聞き慣れない甲高い排気音と共に、颯爽《さっそう》と去って行った。

「誰？　なんだか、慌ただしい人だけど」

奥から出てきたのは、帰り支度を済ませた福尾だった。

「あの人ですよ。このまえ話した、作家さんの」

「あぁ。あれが例の『大器晩成した不健康さん』なんだ」

「でも、田瀬さん。ちゃんと言うことを聞いてくれる、コンプライアンスのいい患者さんなんですよ」

田瀬は赤崎の指示通り、胃のピロリ菌は消化器内科を受診し、頸椎《けいつい》症は整形外科を受診していた。時には起きたら夕方で受診が間に合わない時もしばしばあったが、満月クリニックも歴《れっき》とした診療所。その時は、赤崎が同じ処方を出していた。

その結果、頸椎症＝手首の痺《しび》れは消失し、ピロリ菌の除菌も成功。脂肪肝も高脂血症も高尿酸血症も、すべて無症状のまま管理良好となっていた。

「やっぱり人間性って、そういうところに出るんだねぇ」

もう小さくなってしまったバイクを目で追いながら、福尾は目を細めた。

「福尾さん」

「……なに？」

「福尾さんがこのアンティークショップを開いたのも、田瀬さんが若い頃に乗ってた、あのバイクを買ったような感じですか？」

福尾は、試すように聞き返す。

「赤崎くんには、忘れられない昔の記憶ってないの？」

「……記憶に残っているのは、医者の知識と技術だけです。あとは、別に」

「忘れられない人、とかは？」

今度は赤崎が、今日まで気になっていた疑問を福尾に投げ返す番だった。

「福尾さんは、なんで僕の親父が忘れられないんですか？」

そのまっすぐな問いかけに、福尾は迷うことなく答えた。

「私の人生で、一番いい人だったからよ」

第五話　あとまわしの人生

片倉絵美《かたくらえみ》は、今年で四十三歳になる。十三歳と十一歳の娘、紗菜《さな》と結菜《ゆいな》からも手が離れ始め、ようやく自分のために時間が使えるようになった。

しかし夫は公務員で比較的収入が安定しているとはいえ、これからふたりの娘には学費や塾の費用など、まだまだお金がかかる。おまけに紗菜はイギリスから転校してきた帰国子女のクラスメイトと英語で会話したいと言い出し、結菜はすっかりプログラミングに興味を持ってしまった。そんな子どもたちの可能性を伸ばしてやりたいと、それぞれ教室に通わせることにもなった。

結果、本当は自分が興味のあった裁縫教室にでも通おうかと思っていたのだが、それはまだ先でもいいだろうと見送ることにした。

そんなこともあって、片倉は日用品専門商社の三階建て倉庫で、ピッカーのパートに就いている。最近気になるようになった「かすみ目」も、ピッキング作業ならさほど問題はない。カバンの中に、目薬をひとつ入れておけばいいだけだ。

「はぁ……今日も、やるか」

しかしパートを始めた理由は、そんな金銭的な問題だけではなかった。

片倉は昔から強く言われると断ることができず、自分のことさえ後回しにしてしまうところがある。思えば学生の頃から、友だちと遊ぶ約束やアルバイトも、気づけば自分の意思に反して勝手にスケジュールが埋まっていくことが多かった。

「一階、冬は寒そうだな」

トラックへの荷物搬入のため、一階の作業はほとんど男性が担当している。そんな未知の世界を横目に、受付と事務所、ロッカールームや食堂のある二階を、片倉はまっすぐ目指す。

「おはようございまーす」

事務所の前を通ってロッカールームへ行く時は、大きな声でそう挨拶《あいさつ》しなければならないが、誰かが返事をしてくれるわけではない。そして他の業界と同じように、昼であれ夜であれ、挨拶は「おはようございます」だ。

二階のロッカールームで自分の社員コードが貼られたロッカーに貴重品を入れ、中《なか》靴《ぐつ》に履き替えてエプロンをつけたら、タイムカードを取って三階の広大な倉庫フロアに向かう。

「おはようございます」

三階の事務所でチームごとにタイムカードを入れたあと、自分用のカッターナイフを身につけ、いよいよ物流の海に出航だ。

「あら、片倉さん。おはよう」

白髪の目立つ髪を後ろで一本に束ねた、目つきの険しい初老女性——ここでのパート歴が一番長い桑井《くわい》が、目ざとく片倉を見つけて寄ってきた。

「あ、おはようございます」

「今日は何時まで？」

「三時までです」

「やっぱり、フルタイムにする気はないの？」

経営者でもないのに、このところ会うたびに同じことを聞いてくる。

「……です、ね。三時すぎには、下の子が帰って来るので」

「もう、大きいんでしょ？　五年生だったっけ。ひとりで、大丈夫じゃない？」

「まぁ……そうなんですけど」

「下田《しもだ》さんが辞めちゃったから、月曜はフルタイムが足りないのよね」

ようやく「決め台詞」を思い出した片倉は、なんとかこの会話を終わらせようとした。そうでもしないと、気づけばまた他人の事情が優先になってしまう。いつでも、どこでも、なぜか自分の意に反した状況に陥ることが多いのだ。

「お、夫が……その、子どもたちを心配するので」

片倉が社会人になって最初に勤めたのは、今では珍しい町の鮮魚店だった。

しかし事務として入職したはずが、愛想がよくて何でもそこそこ器用にこなしてしまうことをすぐに見抜かれ、気づけば売り場に出されるようになった。やがて人のことを気遣えるがゆえに、うやむやに何でもやらされるようになってしまう。とはいえ店側の要求が次第に「人としての限界」を超え始めると、さすがの片倉も耐えきれなくなり退職した。

その後は大手のお菓子屋に転職したものの、ここでも配送担当のはずが、気づけば売り場に立たされていたことを思い出す。

「そういえばダンナさん、保健所勤めだったっけ。いいわね、公務員。今年のボーナス、どれぐらい出たの？」

「通帳……見ちゃダメって、言われてるんです」

もちろんこれも、夫が考えてくれた「決め台詞」だ。

「ちょっと、大丈夫？　ダンナさんに、信用されてないいんじゃないの？」

やがて結婚して二児を出産した片倉は、仕事を辞めてゆっくりと子育てに専念できる、恵まれた生活環境にあった。

しかし娘たちの乳児健診や予防接種がひと区切りついた頃、今度は「めんどうなママ友たち」に目をつけられてしまう。クリスマス会や季節の行事、果ては持ち回りで各家に上がり込んで開かれる「おしゃべり会」など、再び片倉のスケジュールは自分の意に反して埋められていった。

そのうち長女の紗菜が小学校に入学すると「めんどうなママ友たち」は自然に消滅したものの、それに伴い周囲の空気も一変した。それは「学校やクラブの役員は専業主婦がやるべき」という、強制的で一方的な雰囲気だった。

ここでも自分のことを後回しにしてしまった片倉は、PTAの会計やクラブの鍵《かぎ》当番をさせられてしまう。そして他人を気遣いすぎるがゆえに、ついにはクラブの大会の付き添いや送迎の車を出すことまで、当然のように押しつけられた。

その労力と割かれる時間は、就学前の比ではない。

それでも「義務」と呼ばれる業務を、なんとかひと通りすべてこなした片倉だったが、危うく「二周目」が回ってこようとしていた。そんな姿を見るに見かねた夫が「パートに出てはどうか」と提案してくれ、ようやく難を逃れた。

つまりこのパートも、最初から自分の意思で決めたものではなかったのだ。

「私、カードとかも、すぐ使っちゃうので……それで」

「でも通帳をダンナに任せると、何に使われるかわかったもんじゃないわよ？」

ピッキングは単独作業だと、誰が言ったのだろうか。事務作業ではなく、ひとりで黙々と体を動かせるから選んだものの、結局はこうして誰かに絡まれてしまう。

一番厄介なのは、お昼の休憩時間だ。どの職場でもそうだったが、この倉庫でも「派閥」が形成されるのは昼食時だった。楽しくもない、興味もない話につき合わされ、愛想笑いを浮かべなければならない。それだけならまだしも、そのうちメッセージやチャットの交換を求められ、職場を離れても相手しなければならなくなる。やがて「みんなで集まってどこかで食事でも」という話になるのが、お決まりだろう。

片倉はなんとしてでも、それだけは避けたかった。ようやく理不尽で不本意な学校業務から逃げてきたのに、ここでもまた不本意な集団に属さなければならないのは耐えられない。そこで夫が考えてくれた「娘たちが帰って来る時間までに切り上げたい」という決め台詞は、かなり有効だった。その結果、無事に昼休憩を取らない代わりに、終業時間を午後三時や四時に繰り上げてもらうシフトにしてもらえたのだ。

「娘さんたちの大学のこととか考えると、まだまだ先は長いんだからさ。あと二時間延ばすだけだよ？　フルタイム、もう一度考えてみてよ」

めんどうなママ友たちや、小学校の保護者会から学んだリスク回避術は、可能な限り群れないこと。ここで押し切られたら、二度と抜け出せなくなるだろう。

「あ、桑井さん。そろそろ、ラジオ体操を始めないと」

「あらやだ。もう、そんな時間？」

「私、ちょっとトイレに行ってきます」

逆にいえば、昼に休憩を取らなければ、どこの派閥にも属する必要がなくなり、ひとりでご飯を食べることとさえ許されない同調圧力とも無縁でいられる――。

それこそがこの職場をうまくやりすごす、最良の方法だ。

そう思いながら片倉は、トイレの洗面台でかすむ目に目薬をさすのだった。

＊

桑井をリーダーとする派閥は、今日も休憩スペースの一角を占拠して、人数に見合わない数の飲食物をあれこれテーブルに広げている。

「あら。笠原《かさはら》さんのお漬物、おいしい。べったら漬けみたい」

「よかった。私、ちょっと甘めが好きだから」

この派閥のなにがめんどうかといって、互いに必ずなにか一品ずつ、おかずやデザートを持ち寄らなければならない暗黙のルールがあることだ。

「そういえば、国方《くにかた》さん。あの『睡眠サプリ』効いた？」

「ダメ、ダメ。やっぱり四時ごろ、トイレに起きちゃうの。昔は朝までぐっすりだったのに、なんか寝不足っていうか、熟眠感がないっていうか――」

健康話、誰かの嫁姑《しゅうとめ》問題から、子どもの受験話まで、取りあげる話題は幅広い。そして周囲も気にせず、休憩スペースの外まで聞こえる大声で盛り上がるのが常だ。

「……今日は、サプリの話か」

オリコンと呼ばれる折り畳み式コンテナを組み立てながら、いつもはそんな様子を横目に黙々と仕事をこなす片倉だが、今日ばかりはその話題に耳を奪われた。

「それより、聞いた？　事務所の永木《ながき》さんの話」

「あの、愛想のいい社員さん？　産休にでも入るの？」

「違う、違う。入院したらしいのよ。しかも、癌で」

「えぇっ！　癌って、まだ三十代前半ぐらいでしょ⁉」

「それがさ——」

思わず片倉はピッキングカートを休憩スペースに近づけ、耳をそばだてた。

「——気づいたら、もう手遅れだったみたいよ」

「手遅れって……乳癌？　子宮癌？」

「これ、仲のいい社員さんから聞いた話なんだけどね——」

人の気を引く話し方だけは、どうやっても桑井には勝てない。

「——ここだけの話よ？　胃癌だったんですって」

「胃癌って、三十代でもなるの⁉」

さらに声のボリュームは上がり、とても「ここだけの話」になっていなかった。

「そこよ。あたしも、びっくりしちゃって。しかも、末期だっていうじゃない」

「……信じられない。末期っていうことは、もう助からないってことでしょ？」

「可哀想だけど、若いほど癌は速いっていうしね」

思えば片倉は夫と違い、長らく定期健診を受けていない。

もちろん区から無料健診のハガキは届くので、一度は指定された医院を受診してみたことがある。しかし検査も説明も、胡散臭《うさんくさ》いことこの上なかった。そもそも病院の規模からして、大量の健診患者を流れ作業のように引き受けて、きちんと見落としなく評価できるのか、わかったものではないと思ったのだ。

「その人、がん検診は受けてなかったの？ 乳癌と子宮癌だけで」

「三十代だから、あれなんじゃない？ がん検診なんて受けようとも思わなかったわ」

「どうかしら。あたしは三十代の頃、がん検診なんて受けようとも思わなかったわ」

国方が持ってきた安いプリンを食べながら、桑井はテーブルに身を乗り出した。

「そもそも、区の健診なんてダメよ。人気のない病院に患者を振り分けて儲《もう》けさせてるだけだって、かかりつけのお医者さんに聞いたんだから」

本当かどうかわからないことも、桑井は堂々と事実のように話す。とくに「誰々に聞いた話」系は眉唾《まゆつば》だと、片倉は思っている。

もしかすると、胃癌の話も本当かどうか怪しいものだ。

「そうなの？　相変わらず桑井さん、顔が広いわね」

「だってさ。混んでるクリニックが、わざわざ健診なんて引き受けると思う？」

「やっぱりね。私もそうじゃないかと思ってたのよ。健診を受けられる病院のリストって、あるじゃない？　あれを見ても、こんなところでちゃんとレントゲン撮れるのかって病院ばっかり載ってるでしょ」

「あそこはどう？　夏葉会《なつばかい》病院。入院もできるし」

すでにプリンを食べ終わった桑井は、首を横に振って眉間《みけん》にしわを寄せた。

「あたし、あそこの整形外科を受診したことがあるんだけどさ。その時、手首にバンドを巻かれて、囚人服のような病衣《びょうい》姿で、ゾロゾロと病院内の検査室を連れ回されてる人たちを見たことがあるの。それを見てたら、なんだかこの倉庫で投入口に流されていくオリコンを思い出しちゃって」

「ちょっと、桑井さん。うまいこと言っちゃって」

休憩スペースに、大きな笑い声が響く。そろそろ他のテーブルで食事をしている人たちも耐えられなくなり、早めに休憩を切り上げて出てくる頃だろう。

「結局、ダメなのよ。健診じゃ」

「そうよね。事務所の永木さんだって、会社の健診は受けてたんだろうし」

片倉がいつまでも、店舗ラベルのバーコードをスキャンしてピッキングを始めないものだから、液晶画面に亀が出てきて、暗に「サボるな」と急《せ》かしている。

しかし今日はどうにも、桑井グループの話が気になって仕方ない。

「だって会社健診に、胃カメラなんてないじゃない。あれをやってたら、もっと早く見つけられたんじゃないかって思うのよ」

「たしかに」

「早期発見、早期治療って言うけど、自分から積極的に調べに行かないと」

「そうよね。症状が出た時には手遅れって、ホントね」

賞賛と賛同の声に持ち上げられ、桑井の熱弁は止まらない。

「あたしね。無料の健診を受けるぐらいなら、高いお金を払ってでも自費で『人間ドック』の方がいいんじゃないかって思ってるの」

「人間ドックと健診って、違うものなの？」

「それがね。調べてみたんだけど、ぜんぜん違うの。そもそも健診って——」

そろそろ、昼休憩の時間が終わろうとしている。しかしどれだけ液晶画面で亀マークに急かされようとも、今日ばかりは片倉の足が休憩室の前から動かない。なぜなら片倉は最近、ちょっとした「目のかすみ」が気になっていたからだ。

「私は目だから……大丈夫だよね」

しかしこんな話を聞かされては、自分もなにか手遅れになってしまうのではないか、実は悪い病気が隠れているのではないか——そう不安になったのも事実だった。

気づけば片倉のピッキングカートで、液晶の亀マークが点滅を始めていた。このまま作業に戻らなければ、エラーかトラブルだと思われ、作業監督が来てしまう。

「……でもやっぱり、眼科に行った方がいいかな」

ようやくオリコンに店舗のバーコードを挿して読み取った片倉は、ピッキングカートを押しながら考えた。これだけの話を聞いてしまうと、さすがに自分の「かすみ目」にも、病気が隠れているように思えてならない。

「眼科受診って、時間かかるんだろうなぁ……」

駅前の眼科の前で、午前九時開院のずいぶん前から建物を囲むようにズラリと並んだ老人たちが、整理券を受け取っている光景を思い出す。

「……それにまた、パートのシフト調整をしてもらわなきゃいけないし」

それでなくても事務所には「昼休憩なし」という、イレギュラーな条件をお願いしているのだ。目ざとい桑井にも、なにを言われるかわかったものではない。それにパートのない日にわざわざ眼科に行けば、家族を心配させてしまうだろう。

「どうせ疲れ目か、老眼でしょ」

こうして片倉は、自分の健康さえ後回しにしてしまうのだった。

＊

そんなモヤモヤした気分でパートを終え、駅を出た片倉は驚いた。

珍しく早上がりをした桑井が、駅前を歩いていたのだ。

「うそでしょ……降りる駅、間違えてない？」

今日は「0の付く日」で、駅前にある唯一のスーパーが特売をやっている。もしかすると、そのためだけに早上がりをしたのかもしれない。

このままいつもの道を歩けば、間違いなく声をかけられるだろう。そして終わりのない立ち話に巻き込まれるか、下手をすると「おひとり様一個限り」の商品のために、一緒に買い物につき合わされるかもしれない。

かといって、近くに隠れる場所はない。このまま足を止めていると、この距離では目ざとい桑井に見つけられてしまうだろう。

背を向けて、駅の構内に戻るか――片倉はそこまで考えたが、それもなんとなく悔しいので、いつもとは違う道へ足を向けることにした。ただし今日の夕飯は予定を変更して、「あり合わせ定食」にしなければならない。

「もう。なんで、私が――」

この町に引っ越して来たのは、ふたりの娘が生まれてからだが、この道は初めてだった。帰宅には少し遠回りになるものの、住宅街を抜けるので行き交う自転車や車も少なく、思っていたより静かで歩きやすい。これならスーパーに寄れなかった悔しさも、少しは晴れるというものだ。

「――ん？」

やがてその風景に紛れ込むように、ひっそりとたたずむアンティークショップが片倉の目に留まった。

こんな場所に、こんなお店があっただろうか――。

思い返せば結婚して以来、インテリアは実用性が最優先だった。とくに紗菜と結菜が生まれてからは、自分の趣味はさておき、無地、シンプル、省スペースと収納力を基準に選んできた。そのため統一感はあるものの、華やかさや趣《おもむき》はない。

結婚する前は、小物ひとつ買うために表参道《おもてさんどう》まで行ったものだ。それを考えれば――スーパーで買い物ができなかった片倉は、その余った時間だけと決めて、アンティークショップに足を踏み入れてみることにした。

「わぁ……」

無数のランプとシャンデリアに暖かく照らされた、店内のかわいい雑貨たち。木の温《ぬく》もりを生かした小物入れや、ラタンで編まれたカゴ、用途など考えずにただ窓辺に置いておきたい円テーブルに、歴史を感じさせながらもキレイにメンテナンスされた手回しのアンティークミシンが、次々と片倉の目に留まる。

「あ。これ、かわいい」

決して機能的ではないが、そのどれもが片倉にはとても魅力的に見えた。

自分のために買ったインテリアが、果たして家の中にどれだけあるだろうか——そんなことを考えていると、カウンターの中で静かに本を読んでいた、ショップのオーナーらしき女性に声をかけられた。

「あら、こんばんは」

それはまるで、ご近所さん同士の雰囲気だ。

第一声が「いらっしゃいませ」ではないなど些細《ささい》なことだが、それが片倉の心理的ハードルを下げたことに間違いはなかった。

「こ……こんばんは」

そしてそれ以上、無理な会話を求められない。

明らかに自分より年上に見えるが、キレイにまとめられた黒髪には、白髪一本交ざっていない。自分スタイルで、ゆったりしたモノトーンの柔らかなニット素材が、さらに年齢をわからなくしている。手や首筋のしわさえ、人の生き方によっては美しい年輪となり得るのだと、片倉は思わず自分の手を見てしまう。

「来月は、もう年末だっていうのに――」

すでに薄暗くなり始めた窓の外を眺めながら、女性店主は本を置いた。

「――最近はいつまでたっても『ジングルベル』が鳴らないものだから、季節感がなくなりましたねぇ」

言われてみればスーパーもドラッグストアも、最近は流していないかもしれない。

「昔なんてハロウィンが終わったら、すぐクリスマス一色になって。それが終わったら、用意ドンでお正月の琴の音《ね》が、チントンシャントン鳴っちゃって」

あれこれ商品を勧められるでもなく、訳知りさんや常連さん以外はお断りの雰囲気でもない。女性店長は、まるで顔見知りのように話しかけてくる。パート先では「おはようございます」以外に話すことを嫌う片倉だが、なぜか嬉《うれ》しくなって自分から話しかけてしまった。

「そういえばテレビでも、お正月っぽいコマーシャル《CM》を見かけなくなりましたね」

「わたしの田舎なんて、お正月のテレビCMは静止画と音楽だったのに」

「あ。それ、ありましたね。懐かしい」

「えぇ？　そんなお歳じゃないでしょうに」

「私、広島の出身なんですよ。ローカル局では、わりと見かけましたよ」

そんな心地よさからアンティークを手に取ることも忘れ、片倉は「ご近所さん」として他愛のない話を楽しんだ。損得感情や防御態勢を取らずに家族以外と話をしたのは、もしかすると娘たちが生まれて以来のことかもしれない。

「でも、ここって不思議ですよね。アンティークショップなのにお店の名前が『満月クリニック』だなんて」

それを聞いた女性店長は、口を手で押さえながらも大きな声で笑った。

自分が腹の底から声を出して笑ったのはいつのことか、片倉は思い出せない。

「ごめんなさい。その看板のせいよね？」

「え？　違うんですか？」

入口付近に畳んで立てかけてあったカフェのような看板に、蛍光ペンで「満月クリニック」と書いてあったのだ。

「もうすぐ医師が来ますから、なにか心配なことがあれば」

「……すみません。どういうことです？」

「うちはアンティークショップ『南天　NOSTALGIA』ですけど、奥に『満月クリニック』という診療所があるんですよ。大した医療はできませんけど、必要なら簡単な検査や処方もできますし、なにより時間を気にせず医療相談を受けてくれる院長が、うちの自慢なんです」

「……はぁ」

その看板をアンティーク商品のひとつだと思い込んでいた片倉は、この話を女性店長らしいジョークだと思った。

「まぁ、普通は信じられないですよね。ちょっと、奥を見てみます？」

「まさか、診察室があるんですか？」

「どうぞ、こちらへ」

半信半疑の片倉が案内されたのは、木製パーティションで区切られた、ショップの奥にある診察ブースらしき空間だった。

「それらしく見える備品をそろえようって言ったんですけど、院長の赤崎が『ここだけ目立つから店の商品がいい』って言うもので」

女性店長の言葉通り、机や椅子から診察台らしきベッドまで、すべてアンティーク家具だった。

「ここが、診察室……？」

あまりにも現実離れした空間に言葉を失っていると、女性店長が背筋を正して片倉に向き直った。

「ご挨拶《あいさつ》が遅れました。わたし、『南天　NOSTALGIA』と『満月クリニック』のオーナー、福尾と申します」

福尾はどこからともなく名刺を取り出し、流れるような所作《しょさ》で片倉に差し出した。

オーナーということは、自らが資金を出して、この店とクリニックを開設したということだ。名刺は事実を証明するものではないが、福尾がここまで念入りな嘘をつく理由があるとも思えない。

「じゃあ……本当にここは、クリニックなんですか」

「きちんと設置基準を満たして、都庁にも届け出を済ませてありますので、調べてもらえれば出てきます。ただし、ネットの検索では引っかからないと思いますけど」

アンティークショップとクリニックというミスマッチには、さすがに驚いた。

しかし片倉が言葉を失ったのは、そんな表面的なことではない。

見た限り福尾は自分より年上だと思うが、かけ離れて年上には思えない。せいぜい違っても、五歳から十歳ぐらいだろう。

それなのに、この独創的な発想はなんだ。

そして、それを実現してしまう行動力が信じられない。

「……すごいですね。どうして、こんな組み合わせのお店を考えられたんですか？」

今から五年後、十年後に、片倉はこれほど自分の思うように生きていられるだろうか――そう考えた時、驚きを越えて羨望《せんぼう》が湧き上がってきたのだ。

「色んなことに疲れて立ち止まってみたら、違う景色が見えただけですよ」

そう言って福尾は、満足そうに穏やかな笑みを浮かべた。

片倉に、その意味はわからない。

しかしこの店に、福尾の深い思いが込められていることだけは理解できた。

＊

日没と共に、院長の赤崎という男性医師が本当にやって来た。

「お疲れさまです。今日、やたら寒いですね」

鼻まですっぽり覆っていたマフラーを取ると、予想より若く整った顔が現れた。こんな隠れたクリニックで院長をしているぐらいなのだから、すっかり「変わり者のおじいちゃん先生」だとばかり思っていた片倉は、戸惑いを隠せない。

「赤崎くん。さっそくで悪いけど」

「えっ？　その方、ショップのお客さんじゃないんですか？」

まさか患者が待っているなど、考えてもいなかったのだろう。慌てて分厚い手袋をはずしている姿を見ると、片倉の方が申し訳なくなってくる。

「急にすみません。オーナーさんと、お話ししているうちに……」

「や、ぜんぜん気にしないでください。すぐ着替えますから」

そんな赤崎の様子を、福尾はにこやかに眺めていた。

「上着を脱いだら、そのままでもいいんじゃない？　奥、暖かいけど」

「白衣ぐらい、羽織らせてくださいよ。それでなくても、医者だと信じてもらえないんですから」

慌てているせいか、赤崎はブルゾンのダブルジップがうまくはずせない。

その不器用な様を見ながら、福尾は楽しそうだ。

「なんだ。やっぱり、それを脱ぐだけじゃない」

「違いますって。大事なのは、白衣なんです」

かなり保温性が高いのだろうか、ようやく厚手のブルゾンを脱ぐと、その下には半《はん》袖《そで》のポロシャツしか着ていなかった。そもそもこんな店先で上着を脱いでどうするのか気になって見ていると、赤崎は白衣のかけられたアンティーク調のコートハンガーにブルゾンをかけ、代わりにその白衣を羽織った。

「それ、ディスプレイじゃなかったんですね」

「……紛らわしいですよね。便利なんで、つい使わせてもらっちゃって」

赤崎は気まずそうに、福尾の顔をうかがっている。

「その白衣なんだけどさ。欲しいっていう人がいたら、売っちゃっていい？」

「ちょ――クリーニングに出してからにしてくださいよ？」

危うく「売ってもいいの⁉」と、片倉は声に出すところだった。

「あ、売ってもいいんだ」

それを、福尾が代弁してくれた。

「や、それは困りますけど……」

「なら、二着かけておけばいい？」

「……どうしても、白衣を売る気なんですか？」

赤崎は、困った顔で髪をかき上げた。

今まで見てきた医師とは違い、赤崎には心理的なハードル――いうならば距離感や話しかけづらさを、まったく感じない。そのせいで本人が気にしている通り、初見ではどうやっても医者には見えないだろう。いくら白衣を羽織られたところで、本物の医師だという証明にはならないと思ってしまうほどだ。

「案外、ニーズあると思ったんだけど」

「ないですって。だいたい、白衣ってアンティークじゃないですから」

まるで仲のいい親子のようだが、それでは福尾に失礼かもしれない。三十代ぐらいに見える赤崎の母親というほど、福尾には年老いた印象がないのだから。

「じゃあ、わたしは帰るから。あとは、よろしくお願いね」

「あ、お疲れさまでした」

なにかに満足したように、福尾はコートを羽織ってマフラーを巻くと、あっさり店を後にしてしまった。どうやらふたりは、日勤と夜勤のように交替するらしい。もしかするとこうして少し赤崎とやり取りをするのが、福尾の楽しみなのかもしれない――――片倉には、そんな風に見えてならなかった。

「すいません、お待たせしました。えっと……」

「片倉です」

「どうぞ、こちらへ」

屈託のない笑みとは、このことだろうか。英国風の書斎机に白衣の医師という構図は、意外と絵になる。大正を思わせる円椅子に座りながら、片倉はそう思った。

「今日は、どうされたんですか？」

その言葉で、片倉は我に返った。

赤崎は悪い医者ではなさそうだし、そもそも悪い人間でもなさそうではある。

しかしここはアンティークショップの奥にある、木製のパーティションを立てられただけの診察ブースという体《てい》の空間。診療所というには、あまりにも非日常的だ。

「あの、実は――」

陽は完全に沈み、福尾が去った今、店内には片倉と赤崎しかいない。

ここは当たり障りのない会話で終わらせるべきだと、片倉の本能がささやいた。

「――パート先の人が『人間ドック』を受けたんですけど、あれは区の健診とどう違うんでしょうか」

少なくとも本物の医師であれば、これぐらいのことには答えられるはずだ。

「あれ？　この質問、最近も受けた気がするなぁ」

「……そうなんですか？」

「まぁ、ただの確率の偏りでしょう。区の健診と人間ドックの違いはですね――」

その違いやメリットとデメリットを、赤崎は患者目線でいろいろ説明してくれた。

書類上の違い、検査内容の違いなど、初めて聞くことばかりだ。

「――それから正直なところ、健診も数をこなせば病院は儲《もう》かります」

「え……」

どうやら、話は医療側の目線に移ったようだ。

「なにせやることは全員決まってますから、流れ作業で済みます。費用をぜんぶ払ってくれる市区町村も多いですから、よく問題になっている『医療費の未払い』が絶対に起こりません。そもそも病気じゃない人がほとんどですから、病院側は楽ですよね。

僕も健診の『問診係』を頼まれたことがありますけど、今までに罹《かか》ったことのある病気の確認をして、健診を受けに来た人の心配ごとを軽く聞いて記載したら、定型文を言って――まぁ受診に来たわけじゃないですから、それでいいんですけど、流れ作業感が半端なかったですね」

ここまで内情を暴露していいものなのか、片倉の方が心配になってくる。こんな話、桑井なら何時間でも食いついて聞き続けることだろう。

「でも、先生。その健診で異常が出たら、どうするんですか？」

「大きな病院――たとえば、関連病院なんかに紹介状を書いて受診してもらいます。もちろん自分でも診られそうな疾患なら、そのまま自分のクリニックの患者が増えるだけですよ」

それを言っては身も蓋《ふた》もないだろうと、片倉は言葉を失ってしまう。

「主に生活習慣病をチェックする健康診断――極端な話、いわゆる市区町村の健診は、視力が測れて採血ができれば、どんな規模の病院でもできます。町で開業している普通の小さな個人病院でも、レントゲン撮影機器さえそろっていれば、肺がん検診と大腸がん検診までは、行政からの『委託』を受けられますからね」

「それって……その病院の先生が、癌の検査をするってことですか？」

「ですね。肺癌なら、胸のレントゲンを撮るだけ。大腸癌なら、便潜血《べんせんけつ》――二日間、棒で取るやつです」

「……それだけで、癌かどうかわかるものなんですか？」

「便潜血は外注《がいちゅう》検査に出すので白黒はっきりつきますけど、レントゲンは読影《どくえい》した医者次第ですね。そこで異常が見つけられれば、より精密な検査に進みますけど」

「紹介……ですか」

笑顔でうなずく赤崎に、返す言葉が見つからない。

「あ、勘違いしないでくださいね。だから健診がダメ、人間ドックを受けなきゃダメ、って言ってるわけじゃないんです」

「……え？」

この話の流れで、それはないだろうと片倉は思う。

「スクリーニング——つまり無症状の人から、いかに早く疾患の疑いがある人を見つけ出すかが、健診の目的なんです。だから、できるだけ多くの人に受けてもらいたいですけど、市区町村が負担するにも限度がありますよね。ホントは肺癌の検査だって、胸部ＣＴを撮って調べたいですし、大腸癌検査だって大腸ファイバーや造影剤を飲んで検査するに越したことはないです。癌が隠れている指標になる腫瘍《しゅよう》マーカーという数値も、採血で知りたいです。でも、それを市民全員にやれるかというと」

そこまで説明されて、片倉はようやく腑《ふ》に落ちた。

つまり健診は、行政のサービスなのだ。あれもこれも詳しくやってくれというには、限度がある。だから市区町村によって検査内容が違うのも、仕方ないかもしれない。

逆に人間ドックは、個人が自分に目を向けた「全身ケア」と言えるだろう。病気ではないので、保険が使えないのは当たり前。だから自費診療で、お金がかかるのだ。

「なるほど……それで」

少し前のめりになっていた赤崎が、椅子に背をもたれた。

「よかった、わかってもらえて。この前も、ここまで説明するべきだったなぁ」

髪をかき上げて何やらひとりで反省する姿を見て、片倉は確信した。

赤崎は間違いなく医師だ。

しかもどちらかというと、いい医者のような気がしてならない。

「あの、先生？」

「え……やっぱり、わかりにくかったですか？」

「そうじゃないんです。実は、私——」

患者側と医療側のどちらの不都合も隠すことなく、事実だけを告げた赤崎を信用して、片倉は自分の「かすみ目」のことも相談してみることにした。

「近くを見てから遠くを見ると、ぼやけるとか？」

「いや……そういうんじゃないですね」

「今までは見えていた距離でも、見えづらくなった？」

「なんていうか、焦点がゆっくり合っていくような」

「最終的に、焦点は合うんですか？」

「それが……ボヤける時もありますし、見える時もありますし……」

赤崎はゆっくり息を吐いて、椅子に背をもたれた。

「さすがに眼科のことは詳しくないんですけど、絶対に『それが隠れていないか』を確認した方がいい疾患は思いつきますね」

「老眼とか乱視《らんし》じゃなく、そういう目の病気があるんですか？」

「まずは緑内障《りょくないしょう》ではないかを、絶対に眼科で確認するべきだと思います」

今までの表情と違い、赤崎は真顔だった。

緑内障は名前だけ聞いたことのある病気だが、どんなものかまでは知らない。

「実は四十歳以上では、約５％の人――つまり二十人に一人は、緑内障があってもおかしくないと言われているんですよ」

「そんなに？」

「なにが厄介かといって、緑内障の初期はほとんど無症状なんですよ。でも光を感じる目玉の底の部分を調べたり、ハンフリー視野検査《HFA》をしてみたりすると、実は『視野《しや》欠損《けっそん》』部分があることが見つかったりします」

「……なんですか、その視野欠損って」

言葉の響きからして、あまりいいものでないことは間違いない。

「光を感じる目の細胞が、反応しなくなってしまった部分――つまり『見えなくなった』部分です」

「見えないって、失明ってことですか!?」

「最初は部分的にです。主に眼圧《がんあつ》が高い状態をそのまま放置すると、ゆっくりとですが次第に見えない部分が広がっていきます。無治療だと最終的には失明してしまう可能性がありますし、実際に日本眼科学会ではホームページでも『中高年の失明原因の一位』は緑内障だと、警鐘を鳴らしています」

「治るんですか？」

「いえ。視野欠損部分は、元には戻りません。それ以上、欠損部分が広がらないように管理しながら、お付き合いしていく病気です。だから、早期発見が重要なんです」

「そんな……知らなかった」

「初期の段階では視野欠損があっても、本人が気づかない無症候のことが多いですからね。四十代で緑内障を気にする人は、少ないかもしれません」

本人が気づかない、という言葉で思い出したのは、パート先の女性職員だった。

「それって、健診では調べてもらえないんですか？」

「眼圧検査という、目に風を当てる検査をすれば、数十秒でだいたいのことは予想がつきますけど……いわゆる健診では『視力検査』以外、そこまでやってくれるかどうかは、各市町村や病医院の規模で違ってきます。それに眼圧検査だけで、緑内障の診断はつけられませんし」

失明という言葉は、片倉にとって大きなショックだった。たかが「かすみ目」と放置したがために視野欠損の部分が広がり、症状が出て目が見えにくくなった時には手遅れ——しかもそこから治療を始めても、欠損した部分は元に戻らないのだ。

「私、どうすればいいですか？　やはり、人間ドックですか？」

「や。片倉さんの場合は『かすみ目』という症状があるわけですから、眼科を受診されればいいと思いますよ」

「……やっぱり、眼科ですか」

冷え切った朝、駅前のあの眼科にできる行列に交ざるしかないのだ。

「片倉さん。考えてみてくださいよ——」

赤崎は穏やかな笑顔で、語りかけるように身を乗り出した。

「——子どもには乳児健診とか歯科健診とか、あるじゃないですか」

片倉は、娘の母子手帳を思い出す。3—4か月健診、6—7か月健診、9—10か月健診に、1歳半、3歳健診と、常に慌ただしかった。甘いおやつが多すぎて虫歯がないかと、歯科の健診ではヒヤヒヤしたものだ。

「それと同じで、大人にも健診は必要です。がん検診や歯科検診に隠れて忘れられがちですけど、四十代をすぎたら眼科検診も考えるべきだと、僕は思ってます」

認めたくないが、片倉はそろそろ体のことを気遣わなければならない歳なのだ。

「初対面の僕が言うのも、おこがましいですけど……自分だけは自分の味方でいてあげないと、体の悲鳴は誰にも聞こえないですから」

パート先で桑井たちが口々に言っていたことが、脳裏をよぎる。

――症状が出た時には手遅れって、ホントね。

――早期発見、早期治療って言うけど、自分から積極的に調べに行かないと。

「……そうかも、しれませんね」

今こそ、自分のことを後回しにしてはならない時かもしれない。

パートのない日に、思い切って眼科に行ってみようと、片倉は決心するのだった。

＊

コンタクトをしたことのない片倉は、眼科を受診するのはこれが初めてだ。

駅前の眼科は、地域で有名な大規模眼科病院の院長だった医師が開業した、人気のクリニック。初診や再診にかかわらず、外来手術以外は予約制ではなく、すべて並び順番になっているのも人気の秘密だった。

「うわ……」

しかしいつでも受診できる半面、開院時刻である午前九時の十五分前に着いたものの、すでにバス停の方まで患者の列が延びている。この光景は駅前の名物だったが、まさか自分がそこに加わるとは思ってもいなかった。

「おはようございまーす。中に入られましたら整理券の番号でお呼びしますので、順番に受付で診察券をご提出くださーい」

もらった整理券の番号は28番。まずは受付手続きをしてもらうまで、ソファーで待つ。そこから整理券番号で呼ばれて、渡された問診表に記入する。それを提出したら、ようやく受付番号がもらえた。当然その間に再診の患者に抜かれてしまうので、すでに36番まで繰り下がっている。

それでも一度調べてもらえば、その日のうちに白黒がつくことが多いと赤崎に言われたことを信じて、名前を呼ばれるまでひとり掛けのソファーで三十分ほど待った。

「片倉さまー」

「あ、はい」

「片倉さまー、片倉さまー」

「はいっ！」

待合に患者が多すぎるので、挙手して大きな声で返事をしなければ、見つけてもらえそうにない。思わず小学生のように、片倉は背筋まで伸ばしてしまった。

「受付でもらった、受付番号とお名前の書いてある紙を見せてくださーい」

「あ、はい。えーっと……」

たしかにこの人数では、簡単な本人確認をしないと、患者の取り違えが出てしまうだろう。実際に何人かのご老人は、まったく違う名前でも返事をされていた。

「ありがとうございます。ではまずは、検査からしていきますねー」

眼科は内科と違い、先にひと通りの検査をしてくれるらしい。

ここはビルの一階に入っている、それほど大きくないクリニックだが、受付前のエリア、診察室前のエリアがあり、その奥に検査エリアがあった。そこにはメガネ店では見たことのない、近未来的な機械がずらりと並んでいる。多くの視能訓練士らしき医療スタッフが、ひと通りの検査をすべて終わらせてから、医師のいる診察室に呼ばれる仕組みのようだ。

「最初に、眼圧検査からです――」

顎《あご》をのせて額をくっつけると、暗闇の向こう側に気球が浮いているのが見えた。そのピントが合ったりボケたりしているうちに「風が出まーす」と声をかけられ、ポンッと目に風が当てられた。

あまりの不意打ちに、片倉は目を閉じてしまう。

「もう一回いきまーす」

その後は前の患者の検査が終わるまで長椅子で待機し、次はまぶしいフラッシュを焚《た》かれて、目の写真を取られた。そしてまた待機し、黒い遮光カーテンで仕切られた大きな器械で「次々と光る小さな点が見えたらボタンを押す」という、妙に負けられない気持ちになる検査を受ける。こうして検査と待機を繰り返し、最後に見慣れた視力検査が終わり、ようやく診察の準備は整った。

受診するまでは「まぶしくて歩いて帰るのも危なくなる点眼」をされるのではないかと不安だったが、現代の器械はそんなことをしなくても調べられるらしいので、ひと安心だ。

「それでは診察で呼ばれますので、あちらの椅子でお待ちくださーい」

診察エリアの前に戻って、待つこと十五分。ようやく、片倉の名前が呼ばれた。

「片倉さまー」

しかし立ち上がると手で「そのまま」と制止され、看護師らしき年配の女性が寄ってきた。

「院長先生の診察をご希望だと、これからずいぶん待つことになるんですけど、非常勤の女性医師ならわりとすぐにお呼びできますが、どちらをご希望されます?」

「え? あ……」

朝の八時四十五分に並んでから、すでに一時間二十分が経っている。どうせ眼科検診をかねた「かすみ目」での受診なのだ。院長でなくてもことは足りるだろうと、片倉は考えた。

「……じゃあ、女性の先生で」

「かしこまりました。では、どうぞ」

「え……?」

わりとすぐというより、今すぐだった。

待合のご老人方の多くは片目にガーゼを当てられているので、院長の診察でなければならないのだろう。そんなソファーで待ち続ける大勢の視線を浴びながら、片倉は「2」とプレートが貼られた診察室のドアを開けた。

「失礼します」

眼科の診察室は、なぜこんなに薄暗いのだろうかと不思議になる。

「おかけになってください」

若い女性医師はすぐにスライド式の眼科診察用器械を片倉の前に寄せ、まぶしい光と共に左右の目をサッと覗《のぞ》いた。おそらくこれが、内科でいうところの「聴診」や

「喉《のど》の奥を診ること」なのだろう。だから最初から、診察室が薄暗いのだ。

「こっちの方は、大丈夫ですね。かすみ目以外に、症状はありませんか？」

「は、はい。とくには」

「右眼ですか？　左眼ですか？」

「……どっちも、です」

「まったく見えない部分はないですか？　欠けて見えるというか、レンズの一部に汚れがあるような感じというか」

「いえ。かすむだけで、あとは普通に見えています」

「ずっと、かすんでます？」

「いえ、時々です」

「見える時もあるんですね？」

「は、はい……」

「そうですか。そっちのモニター、見てもらっていいですか？」

この口調、目の診察に問題はないようだが、検査には問題がありそうだ。

女医の前には大きな曲面のモニターがあり、それと同じ画像が映されたモニターが壁に取り付けてある。

「検査の方なんですけどね。両目の眼圧が高かったです」

その言葉を聞いて、あの満月クリニックで赤崎に言われたことを思い出す。

――眼圧が高い状態をそのまま放置すると、ゆっくりとですが次第に見えない部分が広がっていきます。

「眼圧……」

「目玉の中の水圧です。左右とも正常の上限を超えて、左は22、右は25ありました」

片倉の手足から、血の気が引いていく。

やはりこの「かすみ目」には、なにか重大な病気が隠れていたのだ。

「これは、右眼の底の部分を表した画像なんですけど……わかります？　ここ、赤色になってる部分があるの」

丸い画面のほとんどは緑だが、小さなポインターでクルクルと示された右下の方には、楕円《だえん》のように赤く表示された部分がある。

「これは光を感じる細胞が薄く伸びちゃってる部分が、赤く表示されるんです」

「……はぁ」

動揺もあって、片倉にはなにを言われているのか理解できない。

「要は、光を感じなくなっている――つまり、見えていない部分です」

「見えてない!?」

思わず周囲を見渡したが、これといって見えない部分はない。

「こっちは視野検査の結果なんですけど、右眼だけ黒い点が集まった部分がありますよね。そこが片倉さんが光に反応できなかった、見えていない部分です」

グラフ用紙のような円形画像の中で、左上に黒い点が集まって楕円になっている。これは「次々と光る小さな点が見えたらボタンを押す」検査の結果だ。あれだけ集中してノーミスの自信があったというのに、実際には光に反応できていない部分があったのだ。

「眼の奥で光を感じる細胞が薄くなっている部分と、視野検査で見えていない部分がほぼ一致しているので、間違いないでしょうねー」

そうはいっても、実際に片倉の見ている景色に「欠け」はないのだ。

「あの、先生……眼で見える範囲では、ぜんぶ見えてるんですけど……」

「そうですねー。片倉さんの右眼の視野欠損部分がまだ小さいうえに、ちょうど左眼でカバーできるところなので、認識としては『見えている』と思いますけど、実際に光を感じる細胞は反応していませんねー」

「じゃあ、私の『かすみ目』は」

「あ、それは関係ないと思います。片倉さんのかすみ目は両目ということですし、基本的に緑内障の視野欠損は、見えたり見えなかったりはしませんので」

「えっ！　私、緑内障なんですか!?」

ずいぶんあっさりと言ったものだが、眼科医にとって緑内障は「ありふれた疾患」なのだろう。そのうえ検査結果としては視野欠損があるものの、片倉が実際にそれを実感することがない程度だ。むしろ真顔で大袈裟《おおげさ》に伝える必要はないかもしれない。

しかしこれで「よかった」と安心するべきなのか、片倉にはわからない。

「そうですね。でも他の眼科的疾患は見つかりませんでしたし、そこまで深刻に心配されなくても大丈夫ですよー」

満月クリニックの赤崎が言うには、緑内障は無治療だと最終的には失明してしまう可能性があり、中高年の失明原因の一位なのだ。しかも視野欠損部分は二度と元に戻らず、それ以上広がらないように管理しながら、お付き合いしていく病気でもあったはずだ。

それをここまでサラリと流すように話されてしまうと、片倉はこの非常勤女性医師と自分の気持ちとの温度差を感じざるを得ない。正直なところ「他人事《ひとごと》だと思って」という不快感さえ湧き上がってきたが、逆に自分の方が物事を大袈裟に捉《とら》えすぎなのだろうかとさえ思ってしまう。

「なんで……眼圧が上がったんでしょうか？」

「強度の近視があると緑内障のリスクは高まると言われていますけど、片倉さんの視力はそんなに悪くないですから、加齢による変化だと思いますねー」

定型文のように、女医はキーボードを打ちながらスラスラと答えた。その「加齢」という言葉の重みなど、この若い女医にはまだ理解できないのだ。

「初期なので、まずは毎日点眼してみてください」

「……それで、治るんでしょうか」

「視野欠損は戻りませんけど、初期ですからここで食い止めましょう」

やはり赤崎が言ったように、欠損した視野は元には戻らないのだ。

「じゃあ目薬を出しますから、一か月後にまた受診してください」

女医の言葉ひとつひとつは、慇懃《いんぎん》無礼《ぶれい》というわけではない。しかし丁寧だが決まり文句のような言葉を並べられ、診察は三分で終わってしまった。

詳しく検査をしてもらって、他に病気は隠れていないことがわかったのだから、素直に感謝するべきだとは思う。話の内容も、赤崎から聞いていたこととほぼ同じだ。それなのに何がここまで不安にさせるのか、片倉にはわからなかった。

「あの……」

「なんでしょうか」

真摯《しんし》なようで、女医は診察を急いでいないだろうか――そんなことが気になって、片倉は言葉にならない不安をうまく伝えられない。

「め、目薬は普通にさせばいいでしょうか」

「薬局で詳しく教えてくれると思いますよ」

あの待合室で増え続けていく患者のことを思えば、無症状で初期の緑内障患者が、医師の診察時間を無駄に奪うのも気が引ける。

「わかりました」

「他に、なにか」

「……いえ、大丈夫です」

ここでもまた、片倉は自分のことを後回しにしてしまった。

「お大事になさってくださいねー」

お辞儀をして診察室を出ると、たった数分の間に待合の患者は増えていた。

「……仕方ないよね。忙しいし」

あの若い女医が言うように、無症状のうちに見つかった初期の緑内障なのだから、ここは安心するべきなのだろう。

そうは思いながらも上の空でお会計を済ませ、緩やかに広がっていく不安を抱えながら、片倉は薬局で目薬のさし方と注意点を聞くことになるのだった。

＊

パートを終えた片倉は、倉庫をあとにしながら、大きく真っ白な吐息を浮かべた。

「まいったな……」

無症状のうちに緑内障の診断がついたことを家族に告げると、夫は大いに喜んでくれた。娘たちなど「眼が見えなくならなくてよかった」と泣いてくれたほどだ。

しかしそんな家族の気持ちとは裏腹に、片倉の気持ちはいまひとつ晴れない。

「……やっぱり、喜ぶべきなんだよね」

今は物の見え方にまったく支障はなく、なぜか「かすみ目」も気にならなくなった。

治療も他の疾患に比べれば簡単で、毎日一回、両目に点眼をするだけで緑内障の進行は止められるらしい。気をつけることは点眼後に顔を洗うか、入浴前に点眼をするか——要はまつげや目の回りに、目薬が残らないようにすればいいだけ。どうやらこれを怠ると、目薬成分の影響でまつげが太く長くなったり、まぶたが下がってきたり窪《くぼ》んだり、目の回りに「クマ」ができたりと、主に美容的な副反応が出るらしいが、決してめんどうな作業ではない。

「でもなぁ……」

大きな吐息が、またひとつ寒空に浮かぶ。

当の片倉本人は、検査で見せられた画像が忘れられず「視野欠損は元に戻らない」という言葉が頭から離れない。すべては見えているが、眼の奥の見えないところでは、もう二度と光を感じることができなくなっている場所があるのだ。

それはショックを通りすぎて、喪失感になった。

女医が無造作に言った「加齢による変化」という言葉が、何度も脳裏をよぎる。気づかないうちに、自分の何かがゆっくりと奪われていく気がしてならない。つまり片倉が不安なのは緑内障だけではなく、それを引き金に目を向けざるを得なくなった、今の自分のことでもあったのだ。

「――そのうち、更年期になっちゃうんだろうし」

しかし片倉には平凡だが優しい夫がいて、ふたりの娘がいる。持ち家はないが、借金もない。それ以上、なにを望むというのか――。

そんなことを無意識に考えてしまったため、今日は今までにないミスを連発した。ピッキングした商品を別店舗用のオリコンに入れてしまい、重量エラー表示を頻発させて通路を詰まらせた。おまけにサイズやカラーを何度も間違い、ノベルティを拾い忘れ、果てはボールとケースという初歩的な単位さえ間違う始末。あの倉庫でパートを始めて、はや一年が経つ。今までにないミスの連発をしたことで、心配した作業監督に早退を勧められてしまうほどだった。

腕時計の針は、午後三時すぎを指している。

駅前の眼科は、まだ午後の診察をやっている。

「でもなぁ……」

眼科を受診したところで、どうなるものでもない。診察室で「今日はどうされましたか」と聞かれても、無症状なのだから返事のしようがないのだ。眼圧を下げる点眼を始めてまだ一週間しか経っていないので、検査をしてもらったところでなにも変化がないだろうと、素人の片倉にさえ簡単に想像がつく。

今の症状をあえて言うなら「不安になりました」としか訴えようがない。しかもその半分以上は、緑内障とは関係のない、漠然とした自分への不安だ。

その時、片倉の脳裏に浮かんだのは、あの「満月クリニック」だった。

「──健康相談だけでもお気軽に、か」

陽が沈んでいないので、医師の赤崎はまだ来ていないかもしれない。それでも片倉は娘たちに「買い物をしたあと『あのショップ』に寄ってから帰る」と連絡を入れ、住宅街を抜ける道へと足を向けた。

最悪、赤崎がいなくてもいいと思った。医師である赤崎と同じぐらい、片倉はオーナーの福尾と話がしたかったのだ。

もちろん福尾が、緑内障の不安に答えられないことは知っている。しかし片倉にとって、福尾は「憧《あこが》れの五十代女性」だった。なによりあのアンティークショップにクリニックを併設するという独創的な発想と、それを実現してしまう行動力、実現できる経済力が、たった一度会っただけで片倉を魅了していた。

服のチョイスも年齢相応でありながら自分らしく似合っており、決して誰かに媚《こ》びたり、無理に若作りをしたりしない。強いて言えば、白髪をキレイに黒く染めているぐらいだ。ことさらアンチエイジングの施術で、皮膚を引っぱっているわけでもない。顔や首筋、手のしわも年齢相応なのに、なぜか枯れた印象がしない。

それは誰かの価値観にとらわれることなく、自分のことを一番に考える――そんな福尾の生き方が滲《にじ》み出ているようで、片倉はうらやましかったのだ。

「あ……定休日だったら、どうしよう」

そんな心配をよそに、住宅街の中でアンティークショップ「南天NOSTALGIA」は、相変わらずランプやシャンデリアの温かい光に包まれていた。まるでそこに立ち寄るだけで、体の芯《しん》まで温まれるような気分になってくる。

片倉は迷うことなく、かじかむ手でそのドアを開けた。

「あら。こんにちは」

にっこり微笑んだ福尾は、相変わらずカウンターの中で静かに本を読んでいた。その光景があまりにもこの前来た時と変わらないため、ここでは同じ時間が永遠に流れるのではないかとさえ思ってしまう。

「こんにちは――」

吸い込まれるように店内に入ったものの、次の言葉が続かない。

なにせ、アンティークを見に来たわけではない。

ただ、福尾か赤崎と話をしたかっただけなのだから。

「今日はまた、ずいぶん冷えますね。もしよかったら、ハーブティーでも飲んでいかれませんか？」

「え……？」

まるで片倉の意を汲《く》んでくれたように、福尾は何を聞くわけでもなく、店の商品を勧めるでもなく、お茶に誘ってくれる。

ここは、アンティークショップだというのに――。

「ん？　赤崎にご用があるのでは？」

「まぁ、そう……なんですけど」

「今日は、もう少ししたら来ますよ。わたしに緑内障の点眼を処方してくれるので」

「福尾さんも、緑内障なんですか？」

「あら。片倉さんも？」

思いがけず福尾と共通の話題ができて、片倉は安堵《あんど》した。

それ以上に、一度会っただけで名前を覚えてくれていたことが嬉《うれ》しい。まだ二度目だというのに、この店が自分の居場所になったような気がしてならなかった。

「実はこの前、赤崎さんに勧められて、眼科を受診したんですけど——」

福尾は店の奥から脚の長い木製の椅子を持って来て、片倉に勧めた。そしてカウンターを挟んで座り、繊細な装飾の施された磁器のティーカップを用意して、温かいハーブティーを注いでいく。勧められるままに口をつけると、カモミールの香りが優しく鼻を抜け、その温かさとともに片倉の体がほぐれていった。

「最初に『緑内障』って言われた時、びっくりしませんでした？」

「しました。もう戻らないんだと思うと、すごいショックで」

「見えない部分、大きいんですか？」

「いいえ、まだ見えない部分はないんですけど……視野検査では、眼の奥には見えない部分があると言われて」

カウンターを挟んで、古い喫茶店で馴染《なじ》みのマスターと話をしているようだ。

「よかったじゃないですか。わたしなんて気づくのが遅れたから、ちょっとだけ眼のはしっこの方に、見えない部分があるんですよ」

「えっ、大丈夫なんですか？」

「ええ。赤崎がよく言う『日常生活に支障がない』程度ですから」

福尾はにっこり笑って、ティーカップに口をつけた。

この話を聞く限り、やはり片倉はまだ嘆くほどの緑内障ではないのだ。

「眼圧って、どれぐらいで下がりました？」

「五、六か月後には正常圧に戻りましたよ。他の人と比べると、ちょっと反応は遅かったみたいですけど」

「あ、そんなにかかるんですか」

医者の話より、実際の体験談の方がよほど安心する。そう考えると、桑井たちが昼休憩のたびに健康話で盛り上がるのも、少しだけ理解できるような気がした。

「個人差があるみたいですね。でもその間、毎日一分一秒ごとに眼が見えなくなっていくんじゃないかと恐くなって、医者に詰め寄ったものですよ。このまま同じ目薬でいいのか？　他の目薬に替えなくていいのか、次の視野検査はいつだ、って」

「すごい……私、思ってても言えないです」

「だって、眼よ？　失明よ？　めんどくさいオバサンだと思ったでしょうけど、心配なものは、心配ですよ」

心配なものは、心配——当たり前のことに何を遠慮していたのだろうかと、片倉は勇気づけられてしまった。

そんな話をあれこれしていると、いつの間にかティーカップは空になり、窓の外は薄暗くなり始めていた。

「片倉さん。お時間、大丈夫？」

自分を一番に考えて生きている福尾と、いつも誰かを優先している自分が、無意識に脳裏で並んでいた。

正直なところ娘たちのことは気になるが、片倉は「この時間」を優先したかった。時には少しぐらい、今日ぐらい、自分のための時間が許されるのではないか——そう思った片倉は、家族のグループチャットに「もうちょっとかかるけど大丈夫？」と入れてみた。するとこの満月クリニックのことを恩人だと思っているふたりの娘は、大人びた感じで「ごゆっくり」とメッセージや可愛らしいスタンプを返してくれた。

こんなわがままは、何年ぶりだろうか。

「大丈夫です。メッセージ、送っておきましたから」

そこへ福尾の言った通り、まだ陽が沈む前にもかかわらず、赤崎がやって来た。

「お疲れさまでーす」

前に見た時よりもさらにモコモコしたシルエットのブルゾンを着て、マフラーの厚みも増している。

「あ、忘れてなかったんだ」

「当たり前ですよ。緑内障の点眼薬なんて、途切れさせたくないですからね」

　相変わらず不器用に、ダブルジップを引っかけながらブルゾンを脱ぐと、その下はやはり半袖《はんそで》のポロシャツだった。

「処方箋《しょほうせん》だけ、出してくれればいいのに」

「何回も言ってるじゃないですか。医師法第20条――」

「はい、はい。無診療の治療行為や処方は禁止ね」

「ちなみに僕、オンライン診療も――」

「電子処方箋も出したくない、でしょ？　わたしが悪うございました」

　そんなふたりのやり取りを眺めていると、不意に赤崎が片倉に向き直った。

「すいませんね、片倉さん。オーナーと、お話し中だったのに」

「えっ？　あ、いえいえ」

　赤崎も名前を覚えてくれていたことが、片倉は嬉しかった。この場にいることを、さも当たり前のように――まるで仲のいいご近所さんが顔を出しているだけのように、ごく自然な光景として受け入れてくれたことが、なにより嬉しかった。

「なんのお話をされてたんですか？」

　赤崎はブルゾンを脱いでマフラーをはずすと、商品のコートハンガーにかけ、ネームプレートのついた白衣を羽織った。

なにを買いに来たのかと聞いてこないのも、片倉には心地よい。

ここには本当に、ただ話をするためだけに来てもいいのだ。

「この前、眼科を受診したんですけど、緑内障の初期だと言われて」

少しだけ、赤崎の眉間《みけん》にしわが寄った。

「眼圧はどうでした？」

「左が22、右が25でした」

それを聞いて、赤崎の首が傾く。

「視野検査の結果ではなく、実際に見えている視野に欠損はありました？」

「あ、それはなかったです。右眼のその部分を、左眼がカバーしているらしくて」

「他に、なにか眼の疾患はなかったです？」

「緑内障だけみたいです」

「よかった。それなら、日常生活に支障はなさそうですね」

肩の力を抜いて笑顔を浮かべる赤崎に、福尾は安そうなプラスチック製のマグカップにハーブティーを入れて差し出した。

「ねえ。たまには白磁とかの、ちゃんとしたティーカップで飲んでみたら？　味、変わると思うんだけど」

「イヤですよ、商品なんて。壊したらどうするんですか。だいたい、器で味は変わりませんって」

「風情がないなぁ」

そんなふたりの会話を聞いているだけで、心が穏やかになっていくのはなぜだろうか——前に来た時から、片倉は不思議だった。

「それより、片倉さん」

不意に話をふられて、片倉は危うくティーカップを落とすところだった。

「は、はい」

「緑内障について、なにか心配なことはないですか？　今日は、それで来られたんじゃないかと思ったんですけど」

「赤崎くん。先輩であるわたしが、そのあたりはちゃんとお話ししておいたから」

片倉が口を開く前に、福尾が代弁してくれた。

そんな以心伝心のような空気感も含めて、たまらなく居心地がいい。

「なんの話をしたんです？」

赤崎は、試すような視線を福尾に向けた。

「ちょっと、なにその目は。わたしの経験談をしただけです」

「治療や検査については」

「してません。医者じゃないんだから」

「……まぁ、信じてますけど」

「ホントに？　片倉さん。せっかく赤崎が来たので、聞きたいことは全部聞いて帰ってくださいね？」

「いえ、大丈夫です。実は……ちょっとこのお店に寄って、おふたりとお話がしたかっただけなので」

「あら、嬉《うれ》しい。そうだったの」

「え……」

商品を買いに来たわけでも、受診をしに来たわけでもない。言ってしまえば片倉は、まったく「金にならない客」だ。それなのに福尾は「嬉しい」と言ってくれる。たとえそれが社交辞令であっても、片倉はかまわなかった。

「うちのコンセプトに、ぴったりですよ。ねぇ、赤崎くん」

「ですね。病院やクリニックって、受診することで『安心できること』も目的のひとつなんですけど……実際には『しっかり話を聞いてくれる病院』って、なかなかないですからね」

福尾が、それに付け加えた。

「かといって井戸端会議には間違った情報がいっぱいだし、群れるのもしんどいし。病気の心配ごとに答えてくれる医者がいれば、場所はアンティークショップでもなんでもいいじゃないって思いません？」

群れるのはしんどい。

しかし、正しい知識をどこで手に入れればいいかわからない。

ネットの世界で拾い集めた、真偽も定かではない情報に踊らされるぐらいなら、お茶でも飲みながらご近所さんのように話せる医者がいるに越したことはない。

そんなあり得ないような理想が、この満月クリニックにはあるのだ。

「だから、片倉さん――」

もしかすると、福尾には最初から気づかれていたのかもしれない。

片倉が漠然とした不安を抱えて、誰か話し相手を探していたことを。

「――心配ごとがあっても、なくても、いつでもうちに寄ってくださいね」

その言葉に、片倉は危うく涙をこぼすところだった。

「すみません……本当に、ありがとうございました」

腕時計は、もうすでに午後五時半をすぎたと知らせている。永遠にこの空間に居たいぐらいだが、さすがにそろそろ帰らなければならない。

「お言葉に甘えて、また寄らせてもらいます」

「日中は、わたし。赤崎くんは、日没から。でも必要なら、叩《たた》き起こすから安心してくださいね」

「福尾さん。着信の音、変えていいですか？　あれ、心臓に悪いんですけど」

「ダメ。赤崎くん、あれ以外だと起きないでしょ」

そんなふたりと別れるのを惜しむように席を立つと、慌てた赤崎が引き止めた。

「あっ。すいません、片倉さん。前回、すっかり忘れてたんですけど、なにかひとつ好きな商品を選んで持って帰ってもらえます？」

「……え？　持って帰る？　買うんじゃなくて？」

「理由は聞かないでください。福尾さんの意向で、僕も理由を知らないんです」

これだけよくしてもらった上に「店の商品を持って帰れ」とはどういうことなのか、片倉にはさっぱり理由がわからない。しかもそれを院長の赤崎すら知らないというのは、いかがなものだろうかと思う。

「あの、福尾さん……それって、どういうことなんですか？」

「そうだ。そろそろ僕にも、教えてくださいよ」

ふたりに詰め寄られた福尾は、珍しく気まずい顔を浮かべた。

「理由かぁ……」

「まぁ、どうしても言いたくないっていうなら、アレですけど」

「別にやましい理由じゃないんだけど――」

福尾の表情は気まずさから体裁の悪さに変わり、最後は照れくさそうになった。

「――わたしがまだ二十歳だった頃にね、これをくれた人がいたの」

そう言って福尾は、胸元からアンティーク調のペンダントを引き出した。

それは18金製の装飾模様《モノグラム》が施された、厚みのある楕円《だえん》形のオニキスで作られたもので、今も艶《つや》やかさを失っていない。

それを見た片倉は、何かを直感した。

「もしかして、ロケットペンダントですか？」

「よくご存じね」

「うちの母が、似たようなものを持っていたので」

福尾は小さくうなずいて、語り出した。

「その人はわたしより少し年上だったけど、ずいぶん大人な人だった。わたしのいいところをたくさん褒めてくれ、悪いところは優しくわたしが納得するまでいつまでも話をしてくれるような人だったの。だからまだ右も左もわからないわたしは、ただただその人が好きだった。だけどその人はこれをくれて、わたしの元から去って行ったの。アメリカに連れて行くには、わたしは若すぎるって。まだまだいっぱいある可能性を、ここで狭めることはないって」

福尾は愛《いと》おしそうにオニキスのロケットペンダントを眺め、再び胸元に戻した。

きっと肌身離さず持っていたのではないかと、片倉は思う。

「それ自体は、よくある別れ話じゃない？　悲しかったけど傷つかなかったし、わたしもそのうち、いい思い出になっていったの。でもそのあと、ろくでもない男ばっかり選んじゃってね」

窓の外に視線を流して、福尾はため息をついた。

「男運が悪いのか、男を見る目がないのか、その両方だと思うんだけど……ともかく借金やDVより悲しかったのは、自分が誰からも愛されない人間なんじゃないかと思い始めたことなのよ」

赤崎も、この話は初めて聞くのだろう。言葉を挟むことなく、耳を傾けている。

「そんな時、ふと押し入れの小物入れから、これが出てきたの。今まですっかり忘れていて、どこかに捨てちゃったとばかり思っていたのに、急にね。そしたら、思い出したの。あぁ、わたしも愛されていた時があったな、わたしを大切にしてくれる人はちゃんといたな、って」

そして福尾の視線が、窓の外から戻ってきた。

「そしてあの人が言ってくれたことを思い出したの。まだまだいっぱいある可能性を、ここで狭めることはないって。だからわたしは結婚もせず、仕事一筋で生きてきて、資産運用のスキルを身につけて、五十歳で働くだけの人生を早々に退職《リタイア》して、このアンティークショップを開いたの。あの時のわたしのように、誰かの何かを変えるきっかけになれるんじゃないかと思って」

ひと思いに話し切った福尾は、肩の力を抜きながら深く息を吐いた。

「ごめんなさいね、片倉さん。こんな昔話につき合わせちゃって」

「とんでもないです。なんか……やっぱり、福尾さんがうらやましいです」

「なにか、気になるものはあるかしら」

そう言われて片倉の目に留まったのは、手動式のコーヒーミルだった。それはヴィンテージウッドながらも艶のある粉受け箱を持つ、ドーム型をした真鍮《しんちゅう》製の手挽《てび》き部分に細長い回し手の付いた、味わい深いものだった。

「……これに、しようかな」

「ちょっとひと息つくには、いいかもしれませんね」

前に来た時に聞いた福尾の言葉を、片倉は思い出した。

——色んなことに疲れて立ち止まってみたら、違う景色が見えただけですよ。

今まで自分のことは後回しにして、自分に目を向ける時間を持たなかった。そんな片倉にとって、このアンティークのコーヒーミルは「人生にひと息つく」ためのきっかけになるかもしれない——福尾の話を聞いた今、片倉は確信めいたものを感じた。

「じゃあ、これを」

丁寧に包装してもらった片倉は、それを大切に抱えて店をあとにした。

「またいつでも、おいでくださいね」

その背中を、福尾の温かい言葉が見送った。

＊

そろそろ年末を意識させる、様々なイベントや行事が続き始めた頃。

眼科を受診した帰り道、片倉は「満月クリニック」ではなく、少し早い夕方に「南天NOSTALGIA」を訪れた。

「あら、片倉さん。こんにちは」

相変わらず、第一声は「いらっしゃい」ではない。

そして福尾は笑顔で迎えてくれ、ことさら腰をあげるでもなく椅子をすすめてくれる。そんな「顔見知りのご近所さん扱い」が、片倉にはたまらなく心地よかった。

「今日、眼科の帰りなんですよ」

「もう一か月？　早いわねぇ」

「ほんと、イヤになっちゃいますね」

「お茶を飲んで行かれる時間、あります？」

片倉は眼科を受診する前から、家族のグループチャットで「寄り道してくる」と伝えてあった。

「ありがとうございます。でもなんか、お茶を飲みに来てるみたいで」

「それで、いいじゃないですか」

そんなことなど気にもせず、福尾は繊細な装飾の施された磁器のティーカップを用意して、今日も温かいハーブティーを注いでくれる。

「赤崎が教えてくれたんですけど、ルイボスティーって、ノンカフェインなんですってね」

「普通の紅茶には、カフェインが入ってるんですか？」

「わたしもこの歳になるまで知らなかったんですけど、緑茶でも若い茶葉を使ってるものには、わりとカフェインが入ってるんですって」

「えー、そうなんですか。すっかり、コーヒーだけに注意してればいいのかと」

ルイボスティーに口をつけると、紅茶とウーロン茶のいいとこ取りのような風味が、片倉の鼻を抜けていった。

「それで、どうでした？　眼圧の方は」

カウンター越しにティーカップを傾ける福尾に、商売っ気は感じられない。

「よくなってました。まだ一か月しか点眼してないのに、左右とも18で正常値になってたんですよ」

「そんなに早く？　羨《うらや》ましいわ。わたしなんて、五、六か月かかったのに」

「個人差があるみたいですよ」

「どうかしら。片倉さん、日頃の行いがいいからじゃないです？」

福尾に浮かぶ屈託のない笑顔には、相変わらず少女のような面影が見え隠れする。それもまた、福尾に憧《あこが》れる理由のひとつ。そんな和やかな雰囲気が、片倉の気持ちをさらに軽くするのだった。

「私、パートを週三に減らして、一日だけ『何もしない日』を作ったんです」

片倉を緩やかに変えていったのは、意外にもあのコーヒーミルだった。

毎日のようにフルタイムで働かないかと声をかけてくる桑井の誘いを、はっきりと断ることができたのには自分でも驚いた。しかしそれだけでなく、片倉は初めて「自分の時間」を持ってみようと心から思えたのだ。

「コーヒーって奥が深くて、知れば知るほど、なんかハマっちゃって」

「趣味や没頭できることがあるって、いいことだと思うわ。仕事だけ、家庭だけ、他人の目や顔色だけをうかがってばかりだと、わたしなら息が詰まっちゃう」

片倉の気持ちを、福尾が肩をすくめながら代弁してくれた。ここではすべてを言語化しなくても、理解し合えるのではないかとさえ思ってしまう。

「だから今日は、何か雰囲気のいいアンティーク調のドリップポットがないか、探しにきたんですよ」

「あら、そうだったの」

あのコーヒーミルをもらった時に福尾が言った通り、コーヒーを自らの手で挽いて淹《い》れるのは、ひと息つくのにちょうどよかった。豆を選び、手間をかけて手で挽いて、コーヒードリッパーに湯を注いでいると無心になれるのだ。

「でもホント、自分だけの時間って大事よね。夫婦でも夫に『趣味部屋』を持たせると、円満でいられるっていうし……まぁ、ひとり身のわたしには関係ないんだけど」

苦笑いを浮かべた福尾に、卑屈さや後ろめたさはなかった。しかし理解のある夫と娘たちに囲まれた片倉には、それにうまく返す言葉が見つからない。

「そ、そういえば福尾さん。前から気になってたんですけど」

「商品の値段？　それなら、あるようでないんだけど」

「いえ、そうじゃなく。お店の名前です」

「……名前？」

「なんとなく『NOSTALGIA』はわかるんですけど、なんで『南天』なのかなって、ずっと考えてて」

「あー、それですか……」

気まずそうに福尾が髪をかき上げた時、冷たい空気と共に、入口のドアが勢いよく開いた。

「お疲れさまでーす」

入って来たのは、相変わらずモコモコのブルゾンを着た赤崎。時刻はまだ午後四時半前だが、すでに陽は沈みかけている。

「あら、もうそんな時間？」

「ですよ。もう、今年も終わっちゃうんですから」

「ねぇ、赤崎くん。毎日、日没時刻を確認してから来てるの？」

「まさか――あっ、片倉さん。どうです？　そろそろ眼科を受診してから、一か月ぐらい経つと思うんですけど、眼圧の方は」

「ちょうど今日、そのご報告に」

「その表情、よくなってたんじゃないですか？」

福尾とは違う笑顔を浮かべた赤崎にも、言葉は要らないのかもしれない。

「左右とも18でした」

「よかった、ひと安心ですね。あとは点眼を続けるだけなので、もし眼科の予約日までに目薬がなくなったら、足りない分は僕が処方しますから」

そう言って相変わらず商品のコートハンガーに上着をかける姿を見ていると、片倉はいつまでもこの空間でふたりと一緒にすごしたくなってしまうから困る。いくら自分の時間が持てるようになったからといって、そろそろ夕食の準備を始めなければならない。

「じゃあ私、そろそろ失礼させていただこうかな」

「え……なんか僕、話の雰囲気を壊しました？」

「いえいえ、そんなことないですよ。私が買い物に行かなきゃいけないだけで」

「ごめんなさいね、片倉さん。お茶飲みながら、ムダ話なんかしちゃって」

「いいんです、福尾さん。私、それが楽しみで来てるので」

「でも、ドリップポットは」

片倉は、少し誇らしげに胸を張った。

「また寄らせてもらいます。私、時間ができたので――」

その言葉を聞いて、福尾は口元に笑みを浮かべてうなずいた。

「――その時はぜひ、お店の名前の由来も聞かせてくださいね」

そしてコートを羽織った片倉は、足取りも軽く店を出て行った。

「お店の名前……？」

窓の外で白い息を吐く片倉を見ながら、赤崎が首をひねった。

「そういえば僕も、店の名前の由来を教えてもらってないですね」

「満月クリニック？」

「違いますよ。『南天ＮＯＳＴＡＬＧＩＡ』の方です」

無意識に福尾は、ペンダントのある胸元に手を当てた。

「照れくさいんだけど」

「悪い意味じゃないんですよね」

「そんなワケないでしょ」

「じゃあ、教えてくれてもよくないですか？」

「……どうしても、言わなきゃいけない感じ？」

「教えてくれたら、僕もいいこと教えてあげますから」

「なにそれ。なんのこと？」

「福尾さんから、どうぞ」

赤崎の浮かべた無垢《むく》な笑みに負け、福尾は肩を落とした。

「花言葉から取ったの」

「南天の花言葉ですか？」

「そう」

赤崎は、じっと福尾を見ている。

「待って。ぜんぶ言わせる気？」

「まぁ、ググってもいいですけど……風情がないなと思って」

やれやれとため息をついて、福尾はつぶやいた。

「南天の花言葉は『私の愛は増すばかり』、それから『よい家庭』よ」

それがなにを意味しているか、赤崎に説明は要らなかった。

「ほら。話したんだから、今度は赤崎くんの番よ」

「このまえ見せてもらった、オニキスのロケットペンダント。あれとまったく同じ物を、僕も見たことがあるんです」

「……え？」

驚く福尾に、赤崎は優しく微笑んだ。

「──親父の遺言で、骨壺《こつつぼ》に一緒に入れました」

福尾の頰を、一筋の涙が流れた。

「中身、見た？」

「いいえ、見てません。それも遺言なので」

ここは、満月クリニック。
日没から日の出まで、誰かに気づかれるのを、今日も静かに待っている。

本書は書き下ろしです。

この物語はフィクションであり、実在する人物、団体等には一切関係ありません。また、作中に登場する疾病等への対処法や薬剤処方の内容は、架空の登場人物に対するものであり、実在する同じ症状や疾病の全てに当てはまるものではありません。

今夜《こんや》も満月《まんげつ》クリニックで

藤山《ふじやま》素心《もとみ》

令和7年 3月25日　初版発行

発行者●山下直久

発行●株式会社KADOKAWA
〒102-8177　東京都千代田区富士見2-13-3
電話　0570-002-301（ナビダイヤル）

角川文庫 24571

印刷所●株式会社暁印刷
製本所●本間製本株式会社

表紙画●和田三造

◎本書の無断複製（コピー、スキャン、デジタル化等）並びに無断複製物の譲渡および配信は、著作権法上での例外を除き禁じられています。また、本書を代行業者等の第三者に依頼して複製する行為は、たとえ個人や家庭内での利用であっても一切認められておりません。
◎定価はカバーに表示してあります。

●お問い合わせ
https://www.kadokawa.co.jp/（「お問い合わせ」へお進みください）
※内容によっては、お答えできない場合があります。
※サポートは日本国内のみとさせていただきます。
※Japanese text only

©Motomi Fujiyama 2025　Printed in Japan
ISBN 978-4-04-114621-7　C0193

角川文庫発刊に際して

角川源義

第二次世界大戦の敗北は、軍事力の敗北であった以上に、私たちの若い文化力の敗退であった。私たちの文化が戦争に対して如何に無力であり、単なるあだ花に過ぎなかったかを、私たちは身を以て体験し痛感した。西洋近代文化の摂取にとって、明治以後八十年の歳月は決して短かすぎたとは言えない。にもかかわらず、近代文化の伝統を確立し、自由な批判と柔軟な良識に富む文化層として自らを形成することに私たちは失敗して来た。そしてこれは、各層への文化の普及滲透を任務とする出版人の責任でもあった。

一九四五年以来、私たちは再び振出しに戻り、第一歩から踏み出すことを余儀なくされた。これは大きな不幸ではあるが、反面、これまでの混沌・未熟・歪曲の中にあった我が国の文化に秩序と確たる基礎を齎らすためには絶好の機会でもある。角川書店は、このような祖国の文化的危機にあたり、微力をも顧みず再建の礎石たるべき抱負と決意とをもって出発したが、ここに創立以来の念願を果すべく角川文庫を発刊する。これまで刊行されたあらゆる全集叢書文庫類の長所と短所とを検討し、古今東西の不朽の典籍を、良心的編集のもとに、廉価に、そして書架にふさわしい美本として、多くのひとびとに提供しようとする。しかし私たちは徒らに百科全書的な知識のジレッタントを作ることを目的とせず、あくまで祖国の文化に秩序と再建への道を示し、この文庫を角川書店の栄ある事業として、今後永久に継続発展せしめ、学芸と教養との殿堂として大成せんことを期したい。多くの読書子の愛情ある忠言と支持とによって、この希望と抱負とを完遂せしめられんことを願う。

一九四九年五月三日

角川文庫ベストセラー

蜘蛛の糸
100分間で楽しむ名作小説

芥川龍之介

地獄の池で見つけた一筋の光はお釈迦様が垂らした蜘蛛の糸だった。(「蜘蛛の糸」) 絵師は愛娘を犠牲にして芸術の完成を追求する。(「地獄変」) 表題作の他「地獄変」「羅生門」「鼻」の計4作品を収録。

人間椅子
100分間で楽しむ名作小説

江戸川乱歩

椅子の中に潜む椅子職人の男は、椅子ごと若く美しい夫人の住む立派な屋敷に納品された。男は女に逢いたいと願うが……表題作の他「目羅博士の不思議な犯罪」「押絵と旅する男」を収録。

走れメロス
100分間で楽しむ名作小説

太宰　治

妹の婚礼を終えると、メロスはシラクスへと走りに走った。約束の日没までに暴虐の王のもとに戻らねば、身代りの親友が殺される！　命を賭けた友情の美を描く表題作の他「富嶽百景」「東京八景」を収録。

文鳥
100分間で楽しむ名作小説

夏目漱石

「鳥をお飼いなさい」言われるがままに手に入れた文鳥は千代千代と鳴いた。かそけき命との暮らしを克明に描くことで、作家の孤独に迫った表題作「文鳥」の他「夢十夜」「琴のそら音」を収録。

銀河鉄道の夜
100分間で楽しむ名作小説

宮沢賢治

不在がちの父と病気がちな母を持つジョバンニは、学校が終わると働きに出ていた。そんな彼の友人はカムパネルラだけ。ある夜2人は、銀河鉄道に乗り幻想の旅に出る——。表題作の他「よだかの星」を収録。

角川文庫ベストセラー

羅生門・鼻・芋粥　芥川龍之介

荒廃した平安京の羅生門で、死人の髪の毛を抜く老婆の姿に、下人は自分の生き延びる道を見つける。表題作「羅生門」をはじめ、初期の作品を中心に計18編。芥川文学の原点を示す、繊細で濃密な短編集。

蜘蛛の糸・地獄変　芥川龍之介

地獄の池で見つけた一筋の光はお釈迦様が垂らした蜘蛛の糸だった。絵師は愛娘を犠牲にして芸術の完成を追求する。両表題作の他、「奉教人の死」「邪宗門」など、意欲溢れる大正7年の作品計8編を収録する。

河童・戯作三昧　芥川龍之介

芥川が自ら命を絶った年に発表され、痛烈な自虐と人間社会への風刺である「河童」、江戸の戯作者に自己を投影した「戯作三昧」の表題作他、「或日の大石内蔵之助」「開化の殺人」など著名作品計10編を収録。

杜子春　芥川龍之介

人間らしさを問う「杜子春」、梅毒に冒された15歳の南京の娼婦を描く「南京の基督」、姉妹と従兄の三角関係を叙情とともに描く「秋」他「黒衣聖母」「或敵打の話」などの作品計17編を収録。

晩年　太宰　治

自殺を前提に遺書のつもりで名付けた、第一創作集。〝撰ばれてあることの　恍惚と不安と　二つわれにあり〟というヴェルレエヌのエピグラフで始まる「葉」、少年時代を感受性豊かに描いた「思い出」など15篇。

角川文庫ベストセラー

女生徒　太宰治

「幸福は一夜おくれて来る。幸福は――」多感な女子生徒の一日を描いた「女生徒」、情死した夫を引き取りに行く妻を描いた「おさん」など、女性の告白体小説の手法で書かれた14篇を収録。

走れメロス　太宰治

妹の婚礼を終えると、メロスはシラクスめざして走りに走った。約束の日没までに暴虐の王の下に戻らねば、身代わりの親友が殺される。メロスよ走れ！　命を賭けた友情の美を描く表題作など10篇を収録。

斜陽　太宰治

没落貴族のかず子は、華麗に滅ぶべく道ならぬ恋に溺れていく。最後の貴婦人である母と、麻薬に溺れ破滅する弟・直治、無頼な生活を送る小説家・上原。戦後の混乱の中を生きる4人の滅びの美を描く。

人間失格　太宰治

無頼の生活に明け暮れた太宰自身の苦悩を描く内的自叙伝であり、太宰文学の代表作である「人間失格」と、家族の幸福を願いながら、自らの手で崩壊させる苦悩を描き、命日の由来にもなった「桜桃」を収録。

吾輩は猫である　夏目漱石

苦沙弥先生に飼われる一匹の猫「吾輩」が観察する人間模様。ユーモアや風刺を交え、猫に託して展開される人間社会への痛烈な批判で、漱石の名を高からしめた。今なお爽快な共感を呼ぶ漱石処女作にして代表作。

角川文庫ベストセラー

坊っちゃん　夏目漱石

単純明快な江戸っ子の「おれ」(坊っちゃん)は、物理学校を卒業後、四国の中学校教師として赴任する。一本気な性格から様々な事件を起こし、また巻き込まれるが。欺瞞に満ちた社会への清新な反骨精神を描く。

草枕・二百十日　夏目漱石

俗世間から逃れて美の世界を描こうとする青年画家が、山路を越えた温泉宿で美しい女を知り、胸中にその念願を成就する。「非人情」な低徊趣味を鮮明にした漱石の初期代表作『草枕』他、『二百十日』の2編。

虞美人草　夏目漱石

美しく聡明だが徳義心に欠ける藤尾は、亡父が決めた許嫁ではなく、銀時計を下賜された俊才・小野に心を寄せる。恩師の娘という許嫁がいながら藤尾に惹かれる小野……漱石文学の転換点となる初の悲劇作品。

三四郎　夏目漱石

大学進学のため熊本から上京した小川三四郎にとって、見るもの聞くもの驚きの連続だった。女心も分からず、思い通りにはいかない。青年の不安と孤独、将来への夢を、学問と恋愛の中に描いた前期三部作第1作。

それから　夏目漱石

友人の平岡に譲ったかつての恋人、三千代への、長井代助の愛は深まる一方だった。そして平岡夫妻に亀裂が生じていることを知る。道徳的批判を超え個人主義的正義に行動する知識人を描いた前期三部作の第2作。